PENGUIN EDITION

Große Emotionen, große Dramen, große Abenteuer – von Austen bis Fitzgerald, von Flaubert bis Zweig. Ein Bücherregal ohne Klassiker ist wie eine Welt ohne Farbe.

Alexandre Dumas (1802–1870) kam als Enkel eines französischen Marquis und einer schwarzen Sklavin zur Welt. Er arbeitete als Sekretär des Herzogs von Orléans, ehe er durch ein Historiendrama Berühmtheit erlangte. Ab 1844 schuf er mit Abenteuerromanen wie *Die drei Musketiere* und *Der Graf von Monte Christo* Klassiker der Unterhaltungsliteratur, deren pseudohistorische Helden sich trotz widrigster Umstände behaupten. Aufgrund seiner Abstammung und dunkleren Hautfarbe sah sich der Autor zeitlebens rassistischen Schmähungen und Vorurteilen ausgesetzt.

Ein Liebesabenteuer in der Presse:

«Diese federleichte, frivole Komödie aus dem Jahr 1856 begeistert heute noch mit gewitzten Dialogen.» *Hörzu*

«Ein ungemein unterhaltsames, leichtfüßig erzähltes und zugleich literarisch äußerst vertracktes und spannendes Büchlein.»
Frank Dietschreit, RBB Kulturradio

«Federleicht und frivol … Bei Dumas knistert es zwischen den Zeilen besser als in jedem Erotik-Klassiker.»
Harald Schwiers, Kurier

Alexandre Dumas

EIN LIEBESABENTEUER

Aus dem Französischen
von Roberto J. Giusti

Mit einem Nachwort
von Romain Leick

PENGUIN VERLAG

Die Originalausgabe erschien
unter dem Titel *Une aventure d'amour*.

FSC www.fsc.org MIX Papier aus verantwortungsvollen Quellen FSC® C014496

Klimaneutral Druckprodukt ClimatePartner.com/14044-1912-1001

Penguin Random House Verlagsgruppe FSC® N001967

1. Auflage 2021

Umschlaggestaltung: Regg Media in Adaption der traditionellen
Penguin Classics Triband-Optik aus England
Satz: Greiner & Reichel, Köln
Druck und Bindung: GGP Media GmbH
Printed in Germany
ISBN 978-3-328-10824-5
www.penguin-verlag.de

I

Eines Morgens im Herbst 1856 öffnete mein Diener – ich hatte ihm ausdrücklich Anweisung gegeben, mich nicht zu stören – die Tür meines Arbeitszimmers, und da ich höchst vielsagend das Gesicht verzog, meinte er: «Monsieur, sie ist ausgesprochen hübsch.»

«Wer denn, du Schwachkopf?»

«Die Person, wegen der ich mir erlaube, Monsieur zu stören.»

«Hübsch oder nicht, was schert es mich? Du weißt sehr wohl, dass ich für niemanden zu sprechen bin, wenn ich arbeite.»

«Und außerdem kommt sie», so fuhr er fort, «auf Empfehlung eines Freundes von Monsieur.»

«Wie heißt dieser Freund?»

«Er wohnt in Wien.»

«Wie dieser Freund heißt?»

«Ach Monsieur, ein komischer Name, ein Name wie ‹Rubin› oder ‹Diamant›.»

«Saphir[1]?»

«Jawohl, Monsieur, Saphir, so heißt er.»

«Dann ist es etwas anderes; führ sie hinauf ins Atelier und bring mir einen Hausmantel herunter.»

Mein Diener ging hinaus.

Ich hörte, wie leichte Schritte an meiner Tür vorübergingen; alsbald kam Monsieur Théodore herunter, meinen Hausmantel über dem Arm.

Wenn ich einem Diener ein solches Zeichen der Wertschätzung zuteilwerden lasse, nämlich ihn «Monsieur» zu nennen, dann weil er sich entweder durch Dummheit oder durch Listigkeit hervortut.

Drei Exemplare dieser Gattung, wie sie einem schöner nicht begegnen, habe ich um mich gehabt: Monsieur Théodore, Monsieur Joseph und Monsieur Victor.

Monsieur Théodore war lediglich dumm, das jedoch auf vortreffliche Weise.

Letzteres halte ich hier nur nebenbei fest, damit die Herrschaft, bei der er derzeit in Diensten ist, so er denn überhaupt eine Herrschaft hat, ihn nicht mit den beiden anderen verwechselt.

Im Übrigen hat die Dummheit gegenüber der Listigkeit einen großen Vorteil: Man sieht immer recht bald, dass man einen Dummkopf zum Diener hat, aber man bemerkt immer zu spät, dass man einen Spitzbuben zum Diener hat.

Théodore hatte seine Günstlinge; meine Tafel ist immer von so großem Umfang, dass zwei oder drei Freunde mit daran Platz nehmen können, auch wenn sie unangemeldet erscheinen. Nicht immer erwartet sie ein gutes Mahl, aber immer ein guter Empfang.

An den Tagen nun, an denen es nach Monsieur Théodores Geschmack gutes Essen gab, setzte Monsieur Théodore diejenigen unter meinen Freunden oder Bekannten, die er den anderen vorzog, davon in Kenntnis.

Allerdings sagte er je nach dem Grad der Feinsinnigkeit der Betreffenden zu den einen: «Monsieur Dumas hat heute Morgen gesagt: ‹Es ist lange her, dass ich den werten Soundso zuletzt gesehen habe; es wäre schön, wenn er mich fragen würde, ob er sich heute bei mir zum Diner einfinden könnte.›»

Und in der Gewissheit, einem Wunsch zu entsprechen, fand sich der Freund zum Diner ein.

Bei den anderen, weniger feinsinnigen begnügte Théodore sich damit, sie mit dem Ellbogen anzustoßen und zu sagen: «Heute gibt es etwas Gutes zu essen; kommen Sie doch.»

Und der Freund, der ohne diese Einladung wahrscheinlich nicht gekommen wäre, stellte sich daraufhin zum Diner ein.

Ich führe hier nur dieses eine Detail der komplexen Persönlichkeit des Monsieur Théodore an; wollte ich das Porträt vervollständigen, würde ich ein ganzes Kapitel dafür brauchen.

Nun also zurück zu dem von Théodore gemeldeten Besuch.

Mit meinem Hausmantel bekleidet, wagte ich mich zum Atelier hinauf. In der Tat traf ich dort eine bezaubernde junge Frau an, sie war von hohem Wuchs und hatte einen strahlend weißen Teint, blaue Augen, braunes Haar und wunderschöne Zähne; sie trug ein perlgraues, hochgeschlossenes Taftkleid, ein Tuch von arabischem Schnitt und Stoff und einen dieser bezaubernden Hüte, die beim Pariser Geschmack leider ein wenig in Ungnade gefallen sind und die selbst hässlichen oder nicht mehr ganz jungen Frauen so gut stehen, dass man sie in Deutschland «der letzte Versuch»[2] nennt.

Die Unbekannte reichte mir einen Brief, auf dessen Umschlag ich das unleserliche Gekritzel des armen Saphir erkannte.

Ich steckte den Brief in die Tasche.

«Ach», sagte die Besucherin mit stark ausgeprägtem fremdländischem Akzent, «Sie lesen ihn nicht?»

«Unnötig, Madame», antwortete ich, «ich habe die Handschrift wiedererkannt, und Ihr Mund ist so liebreizend, dass ich aus ihm zu hören begehre, was mir die Ehre Ihres Besuches verschafft.»

«Nun, ich hatte den Wunsch, Sie zu sehen, das ist alles.»

«Wie schön! Sie haben doch nicht eigens dafür die Reise von Wien hierher unternommen?»

«Wer sagt Ihnen das?»

«Meine Bescheidenheit.»

«Pardon, aber als bescheiden gelten Sie eigentlich nicht.»

«Nun ja, es gibt Tage, da bin ich eitel.»

«Welche sind das?»

«Die, an denen andere über mich urteilen und an denen ich selbst mich vergleiche!»

«Mit denen, die über Sie urteilen?»

«Sie sind geistreich, Madame … So machen Sie sich doch die Mühe, Platz zu nehmen.»

«Wenn ich nur hübsch wäre, hätten Sie mich also nicht dazu aufgefordert?»

«Nein, dann hätte ich Sie zu etwas anderem aufgefordert.»

«Gott, was sind die Franzosen eingebildet.»

«Das ist nicht unbedingt ihr Fehler.»

«Nun, als ich Wien verließ, um nach Frankreich zu kommen, wünschte ich mir nur eines.»

«Und das wäre?»

«Einfach nur Platz zu nehmen, und nichts weiter.»

Ich stand auf und verneigte mich. «Hätten Sie wohl die Güte, mir zu sagen, mit wem ich die Ehre habe?»

«Ich bin Bühnenkünstlerin, ungarischer Nationalität; ich heiße Madame Lilla Bulyowsky[3]; ich habe einen Gatten, den ich liebe, und ein Kind, das ich vergöttere. Hätten Sie den Brief unseres gemeinsamen Freundes Saphir gelesen, darin hat er Ihnen das alles mitgeteilt.»

«Glauben Sie, dass es unvorteilhaft für Sie war, es mir selbst zu sagen?»

«Ich weiß es nicht; mit Ihnen nimmt das Gespräch so eigenartige Wendungen!»

«Es steht Ihnen frei, es wieder auf einen Weg zu bringen, der Ihnen zusagt.»

«Wie schön! Denn Sie versetzen ihm ständig Rippenstöße, um es in die rechte oder linke Richtung zu drängen.»

«Vor allem in die linke.»

«Das ist genau die Richtung, die ich nicht einschlagen will.»

«Schreiten wir also geradeaus und auf rechtem Weg dahin.»

«Ich fürchte nur, dass Ihnen das nicht möglich ist.»

«Doch, doch, Sie werden schon sehen … Sagen Sie nochmals, was Sie vorhin gesagt haben; Sie sind …?»

«Bühnenkünstlerin.»

«Was spielen Sie?»

«Alles: Drama, Komödie, Tragödie. Ich habe zum Beispiel fast alle Ihre Stücke gespielt, von ‹Catherine Howard› bis ‹Mademoiselle de Belle-Isle›[4].»

«Und an welchem Theater?»

«Dem von Pest.»

«Also in Ungarn?»

«Ich sagte Ihnen doch, dass ich Ungarin bin.»

Ich stieß einen Seufzer aus.

«Sie seufzen?», fragte Madame Bulyowsky.

«Allerdings; eine der bezauberndsten Erinnerungen meines Lebens ist mit einer Ihrer Landsmänninnen verknüpft.»

«Da sehen Sie! Nun drängen Sie uns schon wieder nach links.»

«Das Gespräch, aber doch nicht Sie. Stellen Sie sich also vor … Aber nein, fahren Sie fort.»

«Nicht doch. Sie wollten eine Geschichte erzählen; erzählen Sie sie.»

«Wozu?»

«Na, um mich zu unterhalten! Lesen kann Sie jeder, aber Sie zu hören ist nicht jedem vergönnt.»

«Sie wollen mich bei meinem Stolz packen.»

«Ich will Sie nirgendwo packen.»

«Dann befassen wir uns lieber nicht mit mir. Sie sind also Bühnenkünstlerin, Sie sind der Nationalität nach Ungarin, Sie heißen Madame Lilla Bulyowsky, Sie haben einen Gatten, den Sie lieben, ein Kind, das Sie vergöttern, und Sie kommen nach Paris, um mich zu sehen.»

«Zunächst einmal.»

«Sehr schön; und danach?»

«Möchte ich sehen, was man in Paris so sieht.»

«Und wer zeigt Ihnen alles, was man in Paris so sieht?»

«Sie, wenn Sie wollen.»

«Sie wissen aber, was die Leute sagen werden, noch ehe man uns dreimal zusammen gesehen hat …»

«Nämlich?»

«Dass Sie meine Geliebte sind.»

«Was macht das schon?»

«Recht so!»

«Zweifellos ist es recht so; wer mich kennt, weiß ohnehin, dass es nicht stimmt, und was kümmert es mich, was Leute sagen, die mich nicht kennen?»

«Sie sind eine Philosophin.»

«Nein, ich bin nur logisch. Ich bin fünfundzwanzig Jahre alt; man hat mir so oft gesagt, ich sei hübsch, dass ich mir dachte, besser, ich glaube es, solange es wahr ist, als später, wenn es nicht mehr stimmt. Sie meinen doch nicht etwa, ich hätte Pest verlassen und wäre ganz allein, sogar ohne Kammermädchen, nach Paris gekommen in der naiven Überzeugung, man werde schon nicht über mich herziehen? Nun, das hat mich nicht abgehalten; sollen sie über mich herziehen! Meine Kunst geht vor!»

«Was Sie nach Paris führt, ist also ein künstlerisches Anliegen?»

«Nichts anderes; ich wollte eure großen Dichter kennenlernen, um zu sehen, ob sie den unseren ähneln, und eure großen Bühnenkünstler, um zu sehen, ob es für mich etwas von ihnen zu lernen gibt; ich habe Saphir um einen Brief für Sie gebeten, er gab ihn mir, und da bin ich. Können Sie mir ein paar Stunden widmen?»

«So viele Stunden Sie wollen.»

«Nun denn, ich habe einen Monat, den ich in Paris bleiben kann, sechstausend Franc, um sie für meine Einkäufe sowie für mein Vergnügen auszugeben, und tausend Franc, um damit nach Pest zurückzukehren. Tun Sie so, als hätte Saphir Ihnen einen Studenten aus Leipzig oder Heidelberg geschickt statt einer Bühnenkünstlerin aus Pest, und treffen Sie entsprechend Ihre Arrangements.»

«Sie werden also mit mir zu Abend essen?»

«Immer dann, wenn Sie frei sind.»

«An diesen Tagen gehen wir ins Theater.»

«Sehr gut.»

«Legen Sie Wert darauf, dass eine dritte Person dabei ist?»

«Nicht den geringsten.»

«Und es ist Ihnen gleichgültig, was die Leute über uns reden?»

«Hätten Sie Saphirs Brief gelesen, dann hätten Sie gesehen, dass diesem Thema ein ganzer Absatz gewidmet ist.»

«Ich werde Saphirs Brief lesen.»

«Wann denn?»

«Wenn Sie gegangen sind.»

«Dann geben Sie mir zwei oder drei Empfehlungsbriefe, und ich gehe: einen für Lamartine[5], einen für Alphonse Karr[6] und einen für Ihren Sohn. Apropos: Ich habe seine ‹Kameliendame›[7] gespielt, ich meine, die von Ihrem Sohn.»

«Für ihn brauche ich Ihnen keinen Brief zu geben; wir können morgen Abend zusammen essen, wenn Sie möchten.»

«Sehr gern. Übrigens hat man mir erzählt, dass Madame Doche[8] in der ‹Kameliendame› ganz bezaubernd war.»

«Madame Doche wird mit uns essen und es übernehmen, Sie irgendwohin auszuführen.»

«Wohin denn?»

«Wohin sie will. Man muss in dieser Welt auch mal etwas dem Zufall überlassen.»

«Eines Tages erzählen Sie mir Ihre Geschichte mit meiner Landsmännin.»

«Wenn Ihnen das denn Freude macht …»

«Gewiss doch.»

«Wann?»

«Wenn ich Sie darum bitte.»

«Wunderbar!»

«Und jetzt zu meinen Briefen: Sie müssen wissen, dass ich seit sechs Jahren für diese Reise nach Paris spare. Ich komme wahrscheinlich niemals wieder, ich habe keine Zeit zu verlieren.»

Ich ging in mein Arbeitszimmer hinunter und schrieb die zwei oder drei Briefe, um die Madame Bulyowsky mich gebeten hatte; ich stieg wieder hinauf und überreichte sie ihr.

Ich wollte ihr gerade einen Handkuss geben, als sie mich ohne Umstände auf beide Wangen küsste.

«Habe ich Ihnen nicht angekündigt, dass Sie es mit einem Studenten aus Leipzig oder Heidelberg zu tun haben?»

«Doch.»

«Also nach deutscher Art: Handschlag oder Umarmung.»

«Dann schon lieber die Umarmung; es gibt in Frankreich eine Redensart über schlechte Entlohnung, die lautet, dass man nehmen muss, was man kriegen kann.[9] Dann also bis morgen, zum Diner.»

«Bis morgen, zum Diner. Wo?»

«Hier.»

«Um welche Zeit?»

«Um sechs Uhr.»

«Sehr gut; nehmen Sie es mir bitte nicht übel, wenn ich mich um ein paar Minuten verspäte.»

«Folglich darf ich es Ihnen auch nicht zugutehalten, wenn Sie ein paar Minuten zu früh dran sind?»

«Nein, denn es macht mir Freude, mit Ihnen zusammen zu sein, und wenn ich zu früh dran bin, dann zu meinem eigenen Vergnügen. Bis morgen.»

Und sie stieg beschwingt die Treppe hinab, drehte sich aber auf dem Treppenabsatz um, um mir ein letztes Mal freundschaftlich zuzuwinken.

An der Tür zu meinem Arbeitszimmer stieß ich auf Monsieur Théodore, der lächelnd und mit weit aufgerissenen Augen dastand.

«Nun, Monsieur sieht, dass ich nicht ganz so blöd bin, wie er sagt?»

«Nein», gab ich zurück, «Sie sind noch dümmer, als ich glaubte.»

Damit betrat ich mein Arbeitszimmer und ließ ihn bass erstaunt zurück.

II

Einen Monat lang aß ich zwei- oder dreimal die Woche mit Madame Bulyowsky zu Abend, und zwei- oder dreimal die Woche begleitete ich sie ins Theater.

Ich muss sagen, dass unsere *étoiles*[10] sie kaum beeindruckten, Rachel[11] ausgenommen. Madame Ristori[12] war nicht in Paris.

Eines Morgens kam sie zu mir.

«Ich reise morgen ab», sagte sie.

«Warum reisen Sie morgen ab?»

«Weil mir gerade noch genug Geld bleibt, um nach Pest zurückzukehren.»

«Brauchen Sie welches?»

«Nein; in Paris habe ich gesehen, was ich wollte.»

«Wie viel haben Sie noch?»

«Tausend Franc.»

«Das ist um die Hälfte mehr, als Sie brauchen.»

«Nein; denn ich fahre nicht direkt nach Wien.»

«Lassen Sie mal Ihre Reiseroute hören!»

«Bitte sehr: Ich fahre nach Brüssel, Spa und Köln; dann rheinaufwärts bis nach Mainz und von dort nach Mannheim.»

«Was zum Teufel wollen Sie in Mannheim? Werther hat sich dort eine Kugel in den Kopf gejagt, und Charlotte ist verstorben.»[13]

«Ich werde Madame Schröder[14] aufsuchen.»

«Die Tragödin?»

«Ja, kennen Sie sie?»

«Ich habe sie einmal in Frankfurt spielen sehen; aber ihre beiden Söhne und ihre Tochter kenne ich gut.»

«Ihre beiden Söhne?»

«Ja.»

«Ich kenne nur einen, Devrient[15].»

«Den Schauspieler; ich kenne auch den anderen, den Priester, der in Köln wohnt, hinter der Kirche Sankt Gereon[16]. Wenn Sie wollen, gebe ich Ihnen einen Brief für ihn mit.»

«Danke, es geht mir um seine Mutter.»

«Was wollen Sie von ihr?»

«Ich bin Ungarin, das habe ich Ihnen schon gesagt; ich spiele Komödien, Dramen und Tragödien auf Ungarisch. Nun bin ich es aber leid, nur sechs oder sieben Millionen Zuschauer anzusprechen; ich möchte auf Deutsch Theater spielen und damit dreißig oder vierzig Millionen Menschen erreichen. Und dazu will ich Madame Schröder aufsuchen, ich will mit ihr eine Szene auf Deutsch probieren, und wenn sie mir Hoffnung macht, dass ich in einem Jahr gemeinsamer Arbeit den Akzent ablegen kann, den ich noch habe, dann verkaufe ich ein paar Diamanten, wohne jeweils in der Stadt, in der sie wohnt, folge ihr als Gesellschaftsdame, als Kammermädchen, wenn sie das will, und nach einem Jahr werde ich die Bühnen Deutschlands erobern … Aber was haben Sie denn?»

«Was ich habe? Ich bewundere Sie.»

«Nein, Sie bewundern mich nicht wirklich, Sie finden das eher einfach: Ich bin furchtbar ehrgeizig, ich hatte große Erfolge, und ich will noch größere.»

«Bei Ihrer Willenskraft werden Sie die haben.»

«Heute essen wir zusammen zu Abend, nicht wahr? Wir gehen ein letztes Mal ins Theater; Sie geben mir ein paar Briefe für Brüssel, denn dort mache ich einen oder zwei Tage halt und schicke mein ganzes Gepäck nach Wien voraus; wir sagen einander Adieu, dann reise ich ab.»

«Warum sollen wir einander Adieu sagen?»

«Aber das habe ich Ihnen doch schon gesagt. Weil ich abreise.»

«Mir ist ein Gedanke gekommen.»

«Und der wäre?»

«Ich habe in Brüssel zu tun. Und statt Ihnen Briefe zu geben, reise ich mit Ihnen; allein werden Sie sich zu Tode langweilen, machen Sie sich nichts vor.»

Sie fing an zu lachen.

«Ich war sicher, dass Sie mir das vorschlagen würden», sagte sie.

«Und Sie waren von vornherein entschlossen, darauf einzugehen?»

«Ehrlich gesagt, ja. Ich habe Sie eben sehr gern.»

«Danke.»

«Und wer weiß, ob wir einander jemals wiedersehen! Also abgemacht, wir reisen morgen.»

«Also morgen, einverstanden; mit welchem Zug?»

«Mit dem um acht Uhr morgens. Ich muss los.»

«Schon?»

«Ich habe enorm viel zu tun; der letzte Tag, Sie verstehen … Apropos …»

«Was?»

«Wir fahren nicht zusammen, wir treffen uns dort per Zufall …»

«Warum das denn?»

«Weil ich mit Bekannten fahre.»

«Mit Bekannten aus Wien?»

«Ja.»

«Ihr Gewissen genügt Ihnen also nicht mehr?»

«Es sind Dummköpfe.»

«Fällt uns nichts Besseres ein?»

«Das Bessere ist der Feind des Guten.»

«Fahren Sie doch morgen Abend statt morgen früh.»

«Dann fahren die Wiener auch erst morgen Abend, denn sie sind fest entschlossen, mit mir zu fahren.»

«Und bis wohin fahren sie mit?»

«Bloß bis Brüssel.»

«Warten Sie; wir machen es folgendermaßen: Wir fahren beide morgen Abend.»

«Sie bestehen darauf?»

«Ich bestehe darauf; das können Sie doch wirklich für mich tun, Teufel auch! So viel war es bislang ja nicht.»

«Soll das ein Vorwurf sein?»

«Nein, nur eine Feststellung.»

«Also machen Sie Ihren Vorschlag, und dann sehen wir weiter.»

«Wir nehmen also den Zug morgen Abend; es kommt nicht einmal zu einer Begegnung; Sie steigen mit Ihren Wienern in irgendeinen Waggon; ich sehe Sie einsteigen und weise einen der Bahnangestellten auf Sie hin; ich steige meinerseits allein in einen Waggon; beim zweiten oder dritten Halt klagen Sie darüber, dass Sie am Ersticken sind; der Bahnangestellte bietet Ihnen an, in einen nicht so vollen Waggon umzusteigen; Sie gehen darauf ein, Sie kommen in den meinen, wo Sie alle Luft bekommen, die Sie brauchen … und wo Sie die ganze Nacht ruhig schlafen.»

«Und wo ich ruhig schlafe?»

«Ehrenwort.»

«Das ließe sich in der Tat so arrangieren.»

«Arrangieren wir's?»

«Abgemacht.»

«Dann bis heute Abend?»

«Nein, bis morgen.»

«Wollten wir nicht zusammen Abend essen?»

«Unmöglich; wenn ich am Abend fahre, muss ich mit meinen Wienern Abend essen.»

«Dann sehen wir uns erst am Zug wieder?»

«Ich werde versuchen, im Laufe des Tages noch bei Ihnen vorbeizuschauen.»

«Schauen Sie nur.»

Ich gewöhnte mich allmählich daran, dass unter diesem Taft und unter dieser Seide, wo ich eine hübsche Frau vermutet hatte, ein bezaubernder Kamerad zu entdecken war.

Wir gaben einander die Hand, und Lilla brach auf.

Am nächsten Tag erhielt ich folgende kurze Nachricht:

Unmöglich, Sie aufzusuchen, ich schlage mich mit meinen Schneiderinnen und meinen Modehändlerinnen herum. Ich nehme genug mit, um in Pest einen Laden aufzumachen. Ich weiß nicht, wie ich es hätte schaffen sollen, wenn ich heute Morgen gefahren wäre.

Bis heute Abend. *Gute Nacht*.

LILLA

Die Worte «Gute Nacht», kräftig unterstrichen, kamen mir einigermaßen ironisch vor.

«Gute Nacht», wiederholte ich, «aber wer weiß, was noch passiert.»

Am Abend war ich eine halbe Stunde vor Abfahrt am Zug. Ich weiß nicht, ob ich je Gelegenheit haben werde, den Eisenbahngesellschaften umfassend für all die Aufmerksamkeit zu danken, die mir seitens des Personals zuteilwird, sobald ich in einem jener Gänge erscheine, an deren Türen mit fetten Buchstaben diese heiligen Worte geschrieben stehen:

UNBEFUGTEN IST DER ZUTRITT VERBOTEN

Ich suchte den Bahnhofsvorsteher auf und erklärte ihm die Situation.

Er begann zu lachen.

«Nicht, was Sie denken», sagte ich.

«Wirklich nicht?»

«Ehrenwort!»

«Ach! Gut, aber unterwegs …»

«Glaube ich nicht.»

«Spielt keine Rolle. Viel Glück!»

«Geben Sie acht: Einem Jäger wünscht man kein Glück.»

Ich stieg in meinen Waggon, und der Bahnhofsvorsteher schloss mich hermetisch ein, dann hängte er ein Schild an den Griff meiner Tür, auf dem in fetten Lettern diese Worte geschrieben standen:

ABTEIL RESERVIERT

Sobald ich hörte, wie die Reisenden lärmend zu ihren Plätzen eilten, steckte ich den Kopf aus meiner Tür und rief den Zugführer, ich wies ihn auf Madame Bulyowsky hin, die mit ihren drei Wienern und ihren vier Wienerinnen einen Waggon bestieg, und erklärte ihm, welche Gefälligkeit ich von ihm erwartete.

«Welche ist es?», fragte er.

«Die hübscheste.»

«Also die mit dem Hut à la Mousquetaire?»

«Genau.»

«Na, Sie haben ja den Bogen raus!»

«Ist das Ihre Meinung?»

«Klar doch!»

«Nun, die meine ist es nicht.»

Der Zugführer sah mich mit spöttischem Gesichtsausdruck an und ging kopfschüttelnd davon.

«Schütteln Sie nur den Kopf, so viel Sie wollen, es ist eben so», sagte ich, ganz verdrossen, dass ich meine Unschuld nicht glaubhaft machen konnte.

Der Zug fuhr ab. Als wir den Bahnhof von Pontoise erreichten, war es schon dunkel.

Meine Tür öffnete sich, und ich hörte die Stimme des Bahnhofsvorstehers sagen: «Steigen Sie ein, Madame, hier ist es.»

Ich streckte die Hand aus und half meiner schönen Reisegefährtin, die beiden Stufen zu nehmen.

«Ach! Da sind Sie ja endlich!», rief ich.

«Ist Ihnen die Zeit lang geworden?»

«Das will ich meinen, ich war ja allein.»

«Nun, mir ist sie gerade deswegen lang geworden, weil ich Gesellschaft hatte. Ein Glück, dass ich die Augen schließen und an Sie denken konnte.»

«Sie haben an mich gedacht?»

«Warum nicht?»

«Ich bin der Letzte, der Sie deswegen schelten würde. Nur, in welcher Weise haben Sie an mich gedacht?»

«In allerinnigster Weise.»

«Pah!»

«Aber ja, ich schwöre Ihnen, dass ich Ihnen zutiefst dankbar bin für die Art und Weise, wie Sie sich mir gegenüber verhalten.»

«Ach! Tatsächlich?»

«Ehrenwort!»

«Das ist immerhin etwas. Aber wenn Sie erst einmal in Wien angekommen sind, machen Sie sich über mich lustig.»

«Nein, denn Sie dürfen darauf zählen, dass ich nicht nur eine anständige Frau bin, sondern mich darüber hinaus für eine Frau von Geist halte.»

«Bin ich denn ein Mann von Geist?»

«Vor aller Welt und für alle Welt, ja.»

«Und für Sie?»

«Für mich sind Sie mehr als das: Sie sind ein Mann mit Herz. Und jetzt geben Sie mir einen Kuss und wünschen Sie mir eine gute Nacht; ich bin sehr müde.»

Ich küsste sie auf deutsche oder auf englische Art, wie auch immer man es nennen mag. Was sie mit einem Kuss erwiderte, der für eine Französin äußerst vielsagend gewesen wäre; dann machte sie es sich in ihrer Ecke bequem.

Ich sah ihr dabei zu und sagte mir, wenn es ein Mann einer Frau gegenüber an Respekt fehlen lässt, dann ganz gewiss, weil die Frau es so will.

Sie wechselte zwei- oder dreimal die Position, seufzte leise, öffnete die Augen wieder, sah mich an und sagte: «Wirklich, ich glaube, ich fühle mich wohler, wenn ich den Kopf an Ihre Schulter lehne.»

«Sie fühlen sich vielleicht wohler», antwortete ich lachend, «aber ich werde mich mit Sicherheit schlechter fühlen.»

«Wollen Sie mir einen Korb geben?»

«Den Teufel werde ich tun!»

Wir saßen einander gegenüber. Ich wechselte den Platz und setzte mich neben sie. Sie nahm ihren Hut ab, schlang sich ein Seidentuch um den Hals, machte es sich an meiner Schulter bequem, und nach einer Weile sagte sie: «Ich fühle mich sehr gut so, und Sie?»

«Ich? Ich habe dazu keine Meinung.»

«Dann bis morgen früh; vielleicht haben Sie sich bis dahin eine gebildet. Die Nacht bringt Rat.»

Nun machte sie noch zwei oder drei kleine Bewegungen wie ein Vogel, der seinen Kopf unter den Flügel steckt, sie suchte mit ihrer Hand nach meiner Hand, drückte sie sanft als Gutenachtgruß, sie bewegte die Lippen, um mir noch ein paar unverständliche Worte zu sagen, dann schlief sie ein.

Niemals habe ich eine so einzigartige Empfindung

verspürt wie die, die sich meiner bemächtigte, als sich das Haar dieser bezaubernden Kreatur an meine Wangen schmiegte, während ihr Atem über mein Gesicht hinstrich. Ihre Züge hatten einen kindlichen, jungfräulichen, friedlichen Ausdruck angenommen, wie ich ihn noch bei keiner Frau gesehen habe, die an meiner Brust schlief.

Ich verharrte lange Zeit, um sie zu betrachten; dann schlossen sich allmählich meine Lider, sie öffneten sich noch einmal, schlossen sich abermals. Ich drückte meine Lippen auf ihre Stirn, murmelte meinerseits «Gute Nacht» und entschlummerte süß und sanft.

In Valenciennes öffnete der Zugführer höchstpersönlich unseren Waggon und rief: «Valenciennes, zwanzig Minuten Aufenthalt!»

Wir öffneten gleichzeitig die Augen und begannen zu lachen.

«Wahrhaftig, ich glaube, ich habe noch nie so gut geschlafen», sagte Lilla.

«Nun», sagte ich, «meine Antwort ist vielleicht nicht sehr galant – aber ich auch nicht.»

«Sie sind ein bezaubernder Mann», sagte sie, «und Sie haben einen großen Vorzug.»

«Und der wäre?»

«Dass man Sie schlecht kennt; was denen, die Ihre Bekanntschaft machen, manche Überraschung bereitet.»

«Versprechen Sie, mich bei Saphir zu rehabilitieren?»

«Ich schwöre es Ihnen.»

«Und mir Interessentinnen zu schicken?»

«Oh! Das ganz gewiss nicht, das verspreche ich Ihnen.»

«Doch wenn ich mich bei den mir von Ihnen Anbefohlenen so verhielte, wie ich mich Ihnen gegenüber verhalte?»

«Das würde mich schrecklich traurig machen.»

«Und wenn ich mich auf genau gegenteilige Weise verhielte?»

«Das würde mich schrecklich wütend machen.»

«Und was wäre Ihnen letztlich lieber?»

«Es wäre unnütz, Ihnen das zu sagen, da ich Ihnen ja doch niemanden schicken werde.»

«Steigen Sie aus oder bleiben Sie?»

«Ich bleibe, ich fühle mich gar zu wohl. Nur möchte ich den Platz wechseln und mich an Ihre rechte Schulter lehnen.»

«Sie meinen, dass ich, wie der heilige Laurentius, auf der linken Seite hinreichend geröstet bin, nicht wahr? Also nur zu.»

Sie machte es sich an meiner rechten Schulter bequem, wie sie es zuvor an meiner linken Schulter getan hatte, schlief wiederum ein und wachte erst in Brüssel wieder auf.

«Steigen Sie aus?», fragte sie.

«Na, und was werden Ihre Wiener sagen, wenn sie uns zusammen sehen?»

«Richtig, die hatte ich ganz vergessen. Wo steigen Sie gewöhnlich ab?»

«Im ‹Hôtel de l'Europe›, doch dort hat man eine solch schlechte Meinung von mir, dass ich um Ihretwillen lieber anderswo absteigen würde.»

«Treffen Sie Ihre Wahl.»

«Dann also im ‹Hôtel de Suède›.»

«Bei meinen zehn oder zwölf Frachtstücken werden Sie wohl vor mir dort angekommen sein, da lassen Sie mir doch bitte mein Zimmer herrichten.»

«Ich kümmere mich darum.»

«Geben Sie mir keinen Kuss?»

«Aber nein; es ist an Ihnen, mir einen Kuss zu geben, wenn Ihnen danach zumute ist.»

«Sie sind wirklich das anspruchsvollste Wesen, das ich kenne!», sagte sie.

Dann gab sie mir einen Kuss und brach dabei in Lachen aus.

Eine Stunde später war sie im «Hôtel de Suède». Ich führte sie zu ihrem Zimmer, küsste ihr respektvoll die Hand und murmelte im Hinausgehen: «Wie bezaubernd es wäre, wenn man eine Frau zum Freund haben könnte!»

Es versteht sich, dass ich mein Zimmer auf der anderen Seite des Treppenabsatzes hatte herrichten lassen.

Ich nahm ein Bad und legte mich schlafen.

Als ich erwachte, erkundigte ich mich nach meiner Reisegefährtin. Sie war bereits ausgegangen und hatte ihre zehn oder zwölf Gepäckstücke verladen lassen, die als Frachtgut abgehen sollten, während sie auf ihre Tournee zur Suche nach Madame Schröder ging.

Wie alle Künstler, die an rasche Ortsveränderungen gewöhnt sind, hatte meine Reisegefährtin die bewundernswerte Eigenschaft, dass sie nicht mehr Umstände machte als ein Mann, dass sie ihre Koffer packte und verschnürte, dass sie ihre Reisetaschen vollstopfte und schloss und dass sie immer fünf Minuten vor der Zeit fertig war – alles Dinge, die man bei einer Frau von Welt niemals verlangen sollte.

Noch während ich mich nach ihr erkundigte, kehrte sie zurück.

«Ah! Ich glaubte wirklich», sagte ich, «Sie seien ausgeflogen.»

«War ich ja auch.»

«Ja, aber ich dachte, für immer.»

«Mein Wesen gleicht dem der Schwalben, ich kehre zum Nest zurück.»

«Was haben Sie gemacht?»

«Ich habe meine sämtlichen Koffer aufgegeben, ich habe mir dafür Quittungen geben lassen, und nun habe ich nur noch das Kleid, das ich trage, ein weiteres in meiner Reisetasche und sechs Blusen. Was meinen Sie, ein Student würde es nicht besser machen, oder?»

«Und wann reisen Sie ab?»

«Wann Sie wollen.»

«Sie wollen aber doch Brüssel sehen?»

«Was gibt es in Brüssel zu sehen?»

«Die Kirche Sainte-Gudule, den Rathausplatz und die Galeries Saint-Hubert.»

«Und was noch?»

«Und dann noch die Allée Verte.»

«Und was noch?»

«Und das ist dann alles.»

«Schön, dann führen Sie mich in irgendein Wirtshaus; da spendiere ich Ihnen ein Essen.»

«Sie mir?»

«Ja … meine Gepäckstücke kosten weniger Fracht, als ich dachte: Ich bin also reich. Was isst man hier?»

«Austern aus Ostende, geräuchertes Rindfleisch, Flusskrebse.»

«Und was trinkt man?»

«Faro und Lambic.»[17]

«Also trinken wir Faro und Lambic und essen Flusskrebse, Rindfleisch und Austern aus Ostende.»

«Gehen wir.»

Wir brachen auf.

Ich schwöre Ihnen, wenn meine Begleitung Hose und Gehrock angehabt hätte statt Kleid und Umhang, dann wäre ich Opfer einer Sinnestäuschung geworden und hätte mich für den Mentor eines schönen jungen Mannes gehalten, statt der Kavalier einer bezaubernden Frau zu sein.

Wir aßen zusammen; dann besuchten wir die Kirche Sainte-Gudule, die Galeries Saint-Hubert und den Rathausplatz, wir machten einen Abstecher zur Allée Verte und kehrten zum «Hôtel de Suède» zurück.

«Haben wir nun alles gesehen, was es in Brüssel zu sehen gibt?», fragte meine Reisegefährtin.

«Alles, außer dem Museum.»

«Was gibt es im Museum?»

«Es gibt dort vier oder fünf herrliche Rubens und zwei oder drei wunderbare Van Dycks.»[18]

«Warum haben Sie mir das nicht gleich gesagt?»

«Ich hatte es vergessen.»

«Sie sind mir ein schöner Fremdenführer! Besuchen wir also das Museum.»

Und wir gingen ins Museum. Die große Künstlerin, die Shakespeare ebenso kannte wie Schiller, Victor Hugo wie Shakespeare, Calderón wie Victor Hugo, kannte Rubens und Van Dyck wie Calderón und fachsimpelte über Malerei, wie sie übers Theater fachsimpelte.

Wir blieben gute zwei Stunden im Museum.

«So weit, so gut», sagte sie beim Hinausgehen, «was sollte ich in der Hauptstadt von Belgien noch gesehen haben?»

«Madame Pleyel[19], wenn Sie wollen.»

«Madame Pleyel! Madame Pleyel, die große Künstlerin? Von der Liszt[20] mir so viel erzählt hat?»

«Ebendie.»

«Sie kennen sie?»

«Durchaus.»

«Und Sie können mich ihr vorstellen?»

«In einer halben Stunde.»

«Einen Wagen!»

Schon winkte meine enthusiastische Ungarin einem Kutscher, der rasch heranfuhr und der, als er mich erkannt hatte, voller Dienstbeflissenheit die Kutschentür aufhielt.

Immer wieder staunte meine Reisegefährtin über diese Bekanntheit, die es nicht nur mit sich bringt, dass auf den Pariser Straßen von zehn Leuten, an denen ich vorüberkomme, fünf mich mit Kopfnicken oder Handzeichen grüßen, sondern die auch, nachdem sie mich erst in die Provinz begleitet hat, mit mir die Grenze überschreitet und mich ins Ausland eskortiert. Nun waren wir allerdings in Brüssel angekommen, und in Brüssel waren es, die Kutscher eingeschlossen, nicht mehr fünf, sondern gar acht von zehn Leuten, die mich erkannten.

Wir bestiegen den Wagen; Madame Pleyel wohnte recht weit entfernt, am anderen Ende des Vororts Schaerbeek, sodass meine schöne Begleiterin reichlich Zeit hatte, mich über die große Künstlerin auszufragen, die zu besuchen wir im Begriff waren, und ich reichlich Zeit, ihre Fragen zu beantworten.

Es war etwa fünfundzwanzig Jahre her, dass ich Madame Pleyel kennengelernt hatte. Eines Tages meldete man sie bei mir – sie zeichnete sich damals noch durch keine andere Gloriole aus als die geschäftliche Berühmtheit ihres Gatten. Ich kannte sie nicht persönlich; ich sah eine junge Frau bei mir eintreten, mager, brünett, mit weißen Zähnen, wunderbaren schwarzen Augen und unglaublich wandelbarem Gesichtsausdruck.

Auf den ersten Blick begriff ich, dass ich es mit einer Künstlerin zu tun hatte.

Und wirklich schwebte sie in einem Zustand der Unschlüssigkeit, denn sie fühlte ein begeistertes Herz in ihrer Brust schlagen, wusste aber noch nicht, zu welcher Kunst sie sich hingezogen fühlte, und fragte deshalb bei mir um Rat, welchen Weg sie einschlagen sollte.

Zu dieser Zeit meinte sie, ihre Zukunft liege beim Theater. Ich war mit der Arbeit an «Kean»[21] befasst. Ich ging an meinen Tisch, nahm mein Manuskript zur Hand, schlug es bei der Szene zwischen Kean und Anna Damby auf und las sie ihr vor; es war genau die gleiche Situation.

Es kam noch hinzu, dass Madame Pleyel nicht frei war: Sie hatte einen Gatten; um sich dem Theater zu verschreiben, hätte sie mit den gesellschaftlichen Konventionen brechen müssen, was immer einen harten und schmerzvollen Einschnitt bedeutet.

Mir wurde das Glück zuteil, sie davon zu überzeugen – zumindest für den Augenblick –, dass alle Triumphe auf der Bühne es nicht wert sind, die ruhige Monotonie eines Haushalts aufzugeben.

«Sie spann die Wolle und blieb zu Hause», schrieben die alten Römer auf den Grabstein ihrer Gemahlin.

Ich hatte ein oder zwei Jahre nicht mehr von Madame Pleyel gehört. Da erfuhr ich, dass ihr ein Unglück widerfahren war.

Ich habe vergessen, welcher Niedertracht sie zum Opfer gefallen war.

Sie musste sich aus der Öffentlichkeit zurückziehen.

An mich dachte sie nicht in ihrem Unglück – das so groß war, dass sie an nichts anderes dachte, als Frankreich zu verlassen.

Sie verließ das Land in Begleitung ihrer Mutter.

Die beiden waren in Hamburg, nahe daran, hungers zu sterben, als Madame Pleyel eines Tages, da sie an einem Geschäft für Musikinstrumente vorüberkam, von einer wahren Lust gepackt wurde, den Laden zu betreten, als wolle sie ein Klavier kaufen, um sich das Herz mit ein wenig Harmonie zu erquicken.

Sie war damals noch nicht die bewunderungswürdige Künstlerin, die sie heute ist; doch hatte das Unglück in ihr die Flamme des Genies entfacht. Sie setzte sich an das Instrument, legte die Finger auf die Tasten und entlockte ihm schon von den ersten Akkorden an herzzerreißende Schreie.

Der Klavierhändler kannte sie nicht und hatte ihr nur die Höflichkeit des Geschäftsmannes entgegengebracht, der mit einer gewöhnlichen Kundin zu tun hat; nun trat er heran und hörte zu.

Sie spielte kein bekanntes Stück: Sie improvisierte. Doch enthielt diese Improvisation all das, was sie seit drei Monaten erlitten hatte: Enttäuschung in der Liebe, Schmerz, verlorene Illusionen, Tränen, Exil. Alles, bis hin zu den schrecklichen Schreien jenes Geiers, der über ihr schwebte und den man Hunger nennt.

«Wer sind Sie, und was kann ich für Sie tun?», fragte der Klavierhändler, als sie geendet hatte.

Sie brach in Tränen aus und erzählte ihm alles.

Da gab ihr dieser treffliche Mann einen Begriff davon, was für ein strenger, doch überragender Lehrmeister der Schmerz ist; er zeigte ihr die rätselhaften Wege, auf denen die Vorsehung sie in Richtung Glück, Bekanntheit, vielleicht gar Ruhm stieß, während sie an sich zweifelte: Er ermutigte sie, veranlasste, sein bestes Klavier zu ihr nach Hause zu bringen, und drängte sie dazu, ein Konzert zu geben.

Ein Konzert! Ein Konzert geben, sie, die noch am Tag zuvor nichts von ihrem Genie wusste!

Der Klavierhändler bestand darauf, übernahm alle Kosten, verbürgte sich für alles.

Da gab sich die arme Marie einen Ruck.

Sie hieß Marie, wie die Malibran[22], wie die Dorval[23].

Ich war ein enger Freund dieser drei illustren und unglücklichen Frauen. Ich tue unrecht, sie unglücklich zu nennen: Es ist im Gegenteil das Attribut «glücklich», das man dem Namen der Marie Pleyel beifügen muss.

Glücklich, denn ihr Konzert gelang; denn nun ahnte sie den künftigen Erfolg, der ihr beschieden war.

Zehn Jahre kam der Widerhall auf ihre Erfolge in Sankt Petersburg, in Wien[24] und in Dresden. Sie kehrte in ihre Heimat Belgien zurück, und entgegen allen hergebrachten Traditionen wurde ihr Gerechtigkeit zuteil.

Sie wurde zur Professorin am Konservatorium ernannt.

Das war vor ihrer Rückkehr nach Paris, wohin ihr Ruf ihr vorausgeeilt war: Sie gab Konzerte und machte Furore.

Damals sah ich sie wieder.

Nach dem 2. Dezember[25] war ich meinerseits nach

Belgien gekommen, und wir begegneten einander zum dritten Mal.

Als wir an ihrer Tür läuteten, kannte Madame Bulyowsky sie so gut wie ich.

Ihre Bedienstete stieß einen Freudenschrei aus, als sie mich erkannte.

«Ach, wie wird Madame sich freuen!», rief sie aus.

Und ohne einen Gedanken daran, die Tür hinter uns zu schließen, stürzte sie in den Salon und rief dabei meinen Namen.

«Nun», so fragte ich meine Reisegefährtin, «bezweifeln Sie immer noch, dass wir willkommen sind?»

Sie hatte noch keine Zeit gehabt zu antworten, als Marie Pleyel vor uns hintrat, majestätisch wie eine Königin, anmutig wie eine Künstlerin.

«Umarmen Sie einander erst einmal», sagte ich zu den beiden Frauen, «Bekanntschaft machen Sie hinterher.»

Meine Reisegefährtin fiel Marie Pleyel um den Hals, und einen Moment lang verharrte ich in Bewunderung dieser Geschöpfe, die so verschieden anzusehen und doch beide wirklich schön waren, jede von einer der anderen entgegengesetzten Art der Schönheit.

Madame Bulyowsky war schlank, biegsam, blond und rosig, voller Überschwang, wie es deutsche und ungarische Frauen sind.

Madame Pleyel war hochgewachsen, von bewundernswert ausgebildeten Formen, brünett, ruhig, beinahe streng.

Einem Bildhauer, der diese Gruppe hätte wiedergeben, der diese beiden derart entgegengesetzten Naturen hätte reproduzieren können, wäre ein glänzender Erfolg beschieden gewesen.

Nach vollzogener Begrüßung hakte ich die beiden unter. Ich betrat mit ihnen den Salon, ließ die eine zu meiner Rechten, die andere zu meiner Linken Platz nehmen und setzte mich dazwischen.

Sodann erklärte ich Madame Pleyel, wie es zu unserem Besuch gekommen war.

«Das heißt, Sie möchten mich spielen hören?», fragte Madame Pleyel die Besucherin.

«Für mein Leben gern!»

«Mein Gott, da haben Sie es aber gut getroffen! Sie sind nämlich in Begleitung eines Mannes, in dessen Macht es steht, mich alles tun zu lassen, was er will.»

Ich fiel ihr um den Hals; ich hatte sie ja noch nicht umarmt.

«Was soll ich ihr denn spielen, Ihrer Tragödin?», fragte sie mich ganz leise.

«Etwas von der Art, was Sie bei Ihrem Klavierhändler in Hamburg gespielt haben.»

Sie lächelte jenes traurige und bezaubernde Lächeln, das vergangene Leiden heraufbeschwört, und ließ ein hinreißendes Prélude erklingen.

«Ach, Marie, Marie!», sagte ich. «Sie sind glücklich! Es ist nicht Glück, was wir von Ihnen hören wollen.»

«Und wenn es mir das Herz zerreißt, wie das der Antonia[26]?»

«Dann lege ich meine Hand darauf und hindere es daran zu brechen.»

Sie sah mich an, zuckte leicht die Schultern.

«Laffe!», sagte sie.

Und sie begann.

Ich werde nicht versuchen, Ihnen zu beschreiben, was die große Künstlerin für uns spielte. Nie zuvor, keine andere Hand hat aus Elfenbein und Holz je derartige Akkorde hervorgebracht; ohne Unterlass ertönten eine Stunde lang die herzzerreißendsten Empfindungen, die betörendsten Schmerzen; das Instrument selbst schien zu leiden, zu jammern, zu seufzen, zu wehklagen.

Nach einer Stunde schließlich erhob sie sich mit einem Schrei.

«Sie haben kein Mitleid mit mir», sagte sie an mich gewandt, «sehen Sie denn nicht, dass Sie mich töten?»

Ich sah Madame Bulyowsky an. Sie bebte, war bleich, einer Ohnmacht nahe.

Zuhörerin und Vortragende waren eine der anderen würdig.

Die beiden Frauen umarmten einander von Neuem; ich drängte Madame Bulyowsky zum Aufbruch; ich fürchtete mehr für ihr zartes und nervöses Naturell denn für das kräftige und starke Naturell von Marie Pleyel.

«So», sagte ich zu ihr, als wir auf der Straße waren, «wollen Sie noch etwas in Brüssel sehen?»

«Was soll ich denn noch sehen, nachdem ich diese bewundernswerte Frau gesehen und gehört habe?», fragte sie zurück.

«Was tun wir also?»

«Was mich betrifft, so reise ich ab nach Spa … Und Sie?»

«Parbleu! Ich komme mit.»

Eine Viertelstunde später waren wir am Zug und brachen auf zu jener Stadt der Quellen und des Glücksspiels, die zu besuchen ich während der drei Jahre meines Aufenthalts in Belgien nicht neugierig genug gewesen war.

III

Erst als wir im Zug saßen, kam meine Begleiterin wieder zu sich.

«Was für eine bewundernswerte Künstlerin!», sagte sie.

«Sie sind ebenso groß wie sie, teure Lilla, denn Sie verstehen sie.»

«Nun bin ich erst einmal acht Tage lang krank.»

«Pah! Wieso das denn?»

«Jede Faser meines Körpers ist überreizt.»

Sie stieß einen Seufzer aus.

«Soll ich versuchen, Sie zur Ruhe zu bringen?», fragte ich sie.

«Wie denn?»

«Indem ich Sie magnetisiere. Wir sind allein im Waggon, und Sie haben doch genug Vertrauen zu mir, um sich für eine Weile in Schlaf versetzen zu lassen! Wenn auch nicht kuriert, so erwachen Sie zumindest erleichtert.»

«Meinetwegen, versuchen Sie es nur; aber ich muss Ihnen von vornherein sagen, dass bisher alle Magnetiseure gescheitert sind, die mich in Schlaf versetzen wollten.»

«Weil Sie sich zur Wehr gesetzt haben. Wenn Sie so freundlich sein wollen, mir willfährig zu sein, dann werden Sie sehen, dass ich Sie, wenn schon nicht ganz in Schlaf, so doch zumindest in einen Dämmerzustand versetzen kann.»

«Ich werde nicht dagegen ankämpfen, das verspreche ich Ihnen.»

«Was für Beschwerden haben Sie?»

«Eine heftige Hitze im Kopf.»

«Es ist also der Kopf, den es als Erstes zu beruhigen gilt.»

«Ja … Wie werden Sie zu Werke gehen?»

«Ach, fragen Sie mich nicht; ich habe den Magnetismus nicht als Wissenschaft studiert, ich empfand ihn immer wie einen Instinkt. Ich habe mich damit befasst, um mir selbst Klarheit über seine Kräfte und seine Wirkung zu verschaffen, als ich am ‹Balsamo›[27] arbeitete, und seither nur, wenn man mich bat, jemanden zu magnetisieren, aber niemals zu meinem Vergnügen; die Sache ermüdet mich zu sehr.»

«Umso besser! Das beweist wenigstens, dass Sie ehrliche Absichten haben. Für Sie ist der Magnetismus also etwas jenseits materieller Dinge?»

«Verstehen wir uns richtig: Ein Teil der Kraft des Magnetismus, so glaube ich, gehört der physischen Welt an und ist folglich materiell. Ich werde versuchen, Ihnen diesen Teil als Philosoph zu erklären. Als die Natur Mann und Frau schuf, hatte sie, die doch sonst alles vorhersieht, nicht die geringste Vorstellung von den Gesetzen, die die Gemeinwesen der Menschen lenken würden: Ehe sie überhaupt daran dachte, Mann und Frau zu erschaffen, war es ihr darum zu tun, wie bei den anderen Tiergattungen, das Männliche und das Weibliche zu schaffen. Als wichtigstes Anliegen hatte sie, diese große Isis mit den hundert Brüsten, diese griechische Kybele, diese Bona Dea der Römer, die Fortpflanzung der Arten im Sinn.[28] Daher der ewige Kampf der fleischlichen Instinkte gegen die gesellschaftlichen Gebote, daher die Macht des Mannes, die Frau zu unterwerfen, und der Drang der Frau zum Mann. Eines der tausend Mittel, deren sich die Natur bedient, um an ihr Ziel zu gelangen, ist der Magnetismus. Die Körperstrahlungen sind gleichsam Ströme, die den Schwachen zum Starken hinziehen, und wenn dem so ist, glaube ich, dass der Magnetiseur einen unwiderstehlichen Einfluss auf die Person ausübt, die er magnetisiert, und zwar nicht nur, wenn sich diese Person im Schlafzustand befindet, sondern auch noch, wenn sie wieder erwacht ist.»

«Und das gestehen Sie mir?»

«Warum sollte ich Ihnen das nicht gestehen?»

«Ausgerechnet in dem Augenblick, da Sie mir vorschlagen, mich in Schlaf zu versetzen!»

«Halten Sie mich nun für einen Ehrenmann oder nicht?»

«Ich halte Sie für einen Ehrenmann; und der Beweis dafür ist die Art, wie ich mit Ihnen umgehe; denn wer könnte Sie schließlich daran hindern zu behaupten, ich sei Ihre Geliebte gewesen?»

«Und was nützte es mir, eine solche Lüge zu verbreiten?»

«Du liebe Güte, was weiß denn ich, was Herzensbrechern nützt.»

«Aber, aber, liebe Lilla, wollten Sie mich etwa beleidigen und haben geglaubt, ich maßte mir an, ein Herzensbrecher zu sein oder als solcher gelten zu wollen?»

«Man hat mir zu Hause gesagt, Sie seien der eitelste Mann in ganz Frankreich.»

«Das ist möglich; aber meine Eitelkeit war, so jung ich auch gewesen sein mag, niemals auf das Ziel gerichtet, das zu werden, was Sie einen ‹Herzensbrecher› nennen. Ab einem gewissen Grad an Reichtum oder Berühmtheit bleibt einem nicht die Zeit, lange zu suchen, und man braucht nicht zu lügen. Ich habe die hübschesten Frauen von Paris, Florenz, Rom, Neapel, von Madrid und London am Arm gehabt, und oftmals nicht nur die hübschesten Frauen, sondern Damen aus allerhöchsten Verhältnissen, und ich habe niemals auch nur ein Wort gesagt, das hätte glauben machen können – ob die Frau an meinem Arm nun ein schlichtes Geschöpf oder Schauspielerin, Fürstin oder Königin war –, ich empfände für diese Frau etwas anderes als den Respekt oder die Dankbarkeit, die ich immer der Frau bezeigt habe, die sich in meinen Schutz begab, wenn sie schwach war, oder die mich in ihren Schutz nahm, wenn sie mächtig war.»

Lilla sah mich an und murmelte: «Sonderbar, in welchen Ruf man so kommt!»

Und sogleich fügte sie übergangslos hinzu: «Mir brennt der Kopf; versetzen Sie mich in Schlaf.»

Ich erhob mich, nahm ihr den Hut ab und blies ihr über den Kopf, wobei ich ihr nach jedem Hauch mit der Hand über das Haar strich, bis sie sagte: «Ah, ich fühle mich schon besser, mein Kopf wird frei.»

Nun setzte ich mich vor sie hin, presste ihr einfach die Hand auf die Stirn und sagte mit gedämpfter, aber gebieterischer Stimme: «Sie schlafen jetzt ein!»

Zwei Minuten später schlummerte sie so friedlich wie ein Kind.

Etwas Erstaunliches geschah: Weder meine Reisegefährtin noch ich waren jemals in Spa gewesen; weder sie noch ich kannten die Namen der Bahnhöfe; aber als wir vom letzten Bahnhof vor unserer Zielstation abfuhren, begann sie, sich zu regen, sie wurde unruhig und murmelte ein paar unverständliche Worte.

Ich berührte ihre Lippen mit der Fingerspitze und sagte: «Sprechen Sie!»

Und sie antwortete darauf, ohne jede Anstrengung: «Wir sind gleich da, wecken Sie mich auf.»

Ich weckte sie auf, und tatsächlich verkündete fünf Minuten später das Pfeifen der Lokomotive, dass wir den Bahnhof erreichten.

Sie fühlte sich sehr viel besser.

Wir stiegen im «Hôtel de l'Orange» ab, dem besten der Stadt. Da die Badesaison noch andauerte, war das Hotel so gut wie voll belegt.

Es waren nur noch zwei miteinander verbundene Zimmer frei; allerdings war die Verbindungstür auf beiden Seiten durch das Bett verstellt. Auf der einen Seite war die Sicherheit des Reisenden durch das Schloss gewährleistet, auf der anderen durch einen Riegel.

Die Tür öffnete sich natürlich nach der Seite hin, auf der sich das Schloss befand.

Ich zeigte meiner Reisegefährtin die Gegebenheiten unserer Unterkunft. Dann bat ich die Hoteldirektorin herauf, damit sie ihr nochmals versicherte, dass diese Nachbarschaft keine Falle bedeutete, und ließ Lilla die Wahl zwischen den beiden Zimmern.

Sie entschied sich für die Seite mit dem Riegel und bat mich lediglich, mein Bett an die Wandseite zu schieben, statt es an der Tür zu lassen, was ich bereitwillig tat.

Es war zehn Uhr abends; meine Reisegefährtin nahm eine Tasse Milch zu sich und ging ins Bett: Ihr Kopf war befreit und klar, doch verspürte sie leichte Magenschmerzen.

Ich aß ein wenig handfester zu Abend, nahm aus meinem Reisebeutel einen Band Michelet[29], ging zu Bett und begann zu lesen.

Ich hatte eine Stunde gelesen, und als ich eben meine Kerze gelöscht hatte, hörte ich ein leises Klopfen an der Verbindungstür.

Ich meinte, mich getäuscht zu haben, doch dem Signal folgten zwei leise gesprochene Worte: «Schlafen Sie?»

«Noch nicht, und Sie auch nicht, scheint mir.»

«Ich leide.»

In der Tat klang die Stimme seltsam verändert.

«Was haben Sie?»

«Entsetzliche Magenkrämpfe.»

«Mein Gott!»

«Machen Sie sich keine Sorgen, das kommt bei mir öfter vor, es ist schmerzhaft, aber nicht besorgniserregend.»

«Soll ich jemanden rufen?»

«Nein, nicht einmal Äther kommt dagegen an.»

«Und ich, vermag ich mehr als der Äther?»

«Vielleicht.»

«Und wie?»

«Versuchen Sie, mich in Schlaf zu versetzen.»

«Durch die Tür hindurch?»

«Ja.»

«Ich bezweifle, dass mir das gelingt, aber ich will es versuchen.»

Ich versuchte, meine Willenskraft in das Zimmer zu senden, aus dem das Schamgefühl der Kranken mich verbannte; doch gelang es mir nur zum Teil.

«Nun, wie steht's?», fragte ich.

«Ich spüre, wie ich benommen werde; doch durch die Benommenheit hindurch leide ich nach wie vor.»

«Ich müsste Ihre Brust berühren können, wie ich Ihren Kopf berührt habe; dann würden die Schmerzen nachlassen.»

«Glauben Sie?»

«Das glaube ich.»

«Na gut, wenn Sie die Tür öffnen wollen, ich habe gerade den Riegel zurückgeschoben.»

Ich zog mir eine Steghose an, und geleitet vom Licht der Kerze, das durch die Türritzen schimmerte, fand ich den Schlüssel, ich drehte ihn um, und als ich die Verriegelung oben und unten gelöst hatte, öffneten sich die beiden Flügel.

Mein erster Blick diente allein der Erkundung: Spielte meine Nachbarin Komödie, oder litt sie wirklich?

Sie war bleich, die Mundwinkel waren allerdings verzerrt, und die Gesichtsmuskeln bebten krampfartig.

Ich nahm ihre Hand, die kalt und feucht war und zitterte; sie litt wirklich.

«Scheint es Ihnen nicht sonderbar», fragte sie, «dass ich, statt nach einem Zimmermädchen zu klingeln und irgendein Schmerzmittel zu verlangen, nach Ihnen rufe und Sie vom Schlaf abhalte?»

«Keineswegs; im Gegenteil, es kommt mir ganz normal, ganz natürlich vor.»

«Ich werde Ihnen etwas gestehen.»

«Sieh an! Doch nicht etwa zufällig, dass Sie mich lieben?»

«Sie wissen sehr wohl, dass ich Sie gern habe, und zwar sehr; aber das ist es nicht … Warten Sie, ich habe Schmerzen.»

Und wirklich nahm das Gesicht der Kranken einen Ausdruck an, auf dem das Leiden unverkennbar war.

Ich schob ihr meinen Arm unter den Kopf und hob ihn an: Sie versteifte sich, ein Zittern durchlief mehrfach ihren Körper, dann bewegte sie sich nicht mehr.

«Es ist vorbei», sagte sie.

«Sie wollten etwas sagen, mir ein Geständnis machen?»

«Ja, ich war im Begriff, Ihnen zu gestehen, dass mein Schlummer im Zugabteil mir nicht nur Ruhe verschafft hat, sondern auch von einer Süße war, wie ich sie nie zuvor empfunden habe. Versetzen Sie mich also bitte in Schlaf, und ich bin sicher, dass meine Schmerzen aufhören.»

«Und Sie fürchten sich nicht, wenn ich Sie in Schlaf versetze – Sie in Ihrem Bett und ich so dicht dabei?»

Voller Erstaunen heftete sie ihre großen blauen Augen auf mich. «Haben Sie mich nicht gefragt», gab sie zurück, «ob ich Sie für einen Ehrenmann halte, und habe ich Ihnen nicht mit Ja geantwortet?»

«Stimmt, das war mir entfallen.»

«Dann versuchen Sie bitte, mich in Schlaf zu versetzen; denn in Wahrheit leide ich wirklich sehr.»

Und sie legte sich die Hand an die Stirn.

«Diesmal», sagte ich, «sitzt der Schmerz nicht im Kopf, und damit der Schmerz zur gleichen Zeit aufhört, da der Schlummer Sie überkommt, ist es, glaube ich, nötig, dass meine Hand die Stelle berührt, von der das Übel ausgeht.»

Sie zog meine Hand bis zu ihrem Magen hinab, beließ aber das Leintuch und die Decke zwischen meiner Hand und ihrer Brust.

Ich schüttelte den Kopf und hob ganz sanft meine Schultern.

«Versuchen Sie es dennoch so», sagte sie.

«Na gut; sehen Sie mich an. Ich zweifele nicht daran, dass es mir gelingt, Sie in Schlaf zu versetzen, doch ich bezweifele, dass ich Sie so heilen kann.»

Sie antwortete nicht und hielt, während sie mich ansah, meine Hand fest auf der Stelle, wo sie lag.

Bald schon senkten sich langsam ihre Lider, sie schlossen sich, öffneten sich noch einmal, schlossen sich wiederum – sie schlief.

Nach kurzer Zeit fragte ich sie: «Schlafen Sie?»

«Schlecht.»

«Was wäre zu tun, damit Sie besser schlafen?»

«Legen Sie mir die Hand auf die Stirn.»

«Und Ihre Magenkrämpfe?»

«Versetzen Sie mich zunächst in Schlaf.»

Sie ließ meine Hand los, und ich drückte sie auf ihre Stirn. Nach fünf Minuten fragte ich erneut: «Schlafen Sie?»

«Ja», sagte sie.

«Schlafen Sie gut?»

«Ich schlafe gut; doch ich leider noch immer.»

«Was wäre zu tun, damit Sie nicht mehr leiden?»

«Legen Sie mir die Hand auf die Brust und nehmen Sie mir den Schmerz.»

«An welche Stelle der Brust?»

«Auf die Magengrube.»

«Legen Sie sie selbst dahin, wo Sie glauben, dass sie sein sollte.»

Nun hob sie ganz ohne Zögern die Bettdecke, schob ihre Hand hinab und legte meine Hand auf ihrem Nachthemd, das wie das eines Kindes um den Hals geschlossen war, geschwisterlich keusch an die richtige Stelle.

Ich ließ mich auf die Knie nieder, um es bequemer zu haben, und lehnte meinen Kopf an das Bett.

Nach einer halben Stunde atmete sie auf. Sie ließ meine Hand los.

«Nun?», fragte ich

«Nun, ich habe keine Schmerzen mehr.»

«Soll ich bei Ihnen bleiben?»

«Noch ein paar Augenblicke.»

Nach fünf Minuten sagte sie dann: «Danke. Ach mein Gott, ohne Sie hätte ich zwei oder drei Tage lang grauenvolle Schmerzen gehabt! Und jetzt …»

Sie hielt inne.

«Was denn?»

«Seien Sie bitte gnädig mit mir, die ich Ihnen vertraut habe.»

«Gewiss doch», sagte ich und lächelte, «ich verstehe.»

Ich zog meine Hand zurück.

Ihre Hand suchte die meine und drückte sie sanft.

«Soll ich die Kerze löschen?»

«Wenn Sie wollen.»

«Und wenn Ihre Schmerzen wiederkommen?»

«Sie kommen nicht wieder. Übrigens haben Sie Streichhölzer in Ihrer Nachttischschublade.»

Ich blies die Kerze aus. Ich suchte Lillas Stirn und drückte meine Lippen darauf.

«Gute Nacht!», sagte sie mit der Seelenruhe einer Jungfrau.

Und ich schloss die Tür und legte mich wieder schlafen.

Als ich am nächsten Morgen erwachte, sang Lilla wie eine Lerche, die bei Sonnenaufgang singt.

«Nun, liebe Nachbarin», fragte ich, «Sie sind also geheilt?»

«Vollkommen.»

«Stimmt das auch?»

«Ehrenwort!»

Es stimmte sogar so sehr, dass wir die Einladung zu einem exzellenten Essen, das der Oberforstinspektor am selben Tag für uns ausrichtete, annehmen und noch am selben Abend nach Aachen weiterreisen konnten.

Wir waren während des Tages übereingekommen, dass ich bis nach Mannheim mitfahren würde.

IV

Heutzutage fährt man mit der Eisenbahn von Spa nach Köln. Ehedem, das heißt, vor zwanzig Jahren, endeten die Bahngleise in Lüttich, und man legte den Rest der Strecke mit der Kutsche zurück.

Die Verwaltung des Kutschendienstes war in preußischer Hand und folglich jener Strenge unterworfen, die im Königreich des großen Friedrich sprichwörtlich geworden ist.

Die Fahrscheine, die einem verkauft wurden, waren halb auf Deutsch und halb auf Französisch.

Eine der Bestimmungen auf diesen Billets, mit denen jeder Fahrgast eine Platznummer zugewiesen bekam, lautete folgendermaßen: «Den Reisenden ist es untersagt, mit ihren Nachbarn Platz zu tauschen, auch bei Zustimmung derselben.»

Ehedem war man also gezwungen, in Lüttich haltzumachen. Heutzutage fährt man durch.

Ich freue mich darüber, dass man in Lüttich nicht mehr haltmacht, und das aus gutem Grund: Ich stehe nämlich seit einigen Jahren mit der ehrbaren wallonischen Stadt auf Kriegsfuß; sie hat mir immer noch nicht verziehen, dass ich in meinem Reisebericht «Impressions de voyage»[30] gesagt habe, dass ich dort hungers zu sterben meinte, und man hat mir glaubhaft erzählt, der Direktor des «Hôtel D'Albion», wo mir dieses Unglück um ein Haar widerfahren wäre, habe in ganz Europa nach mir gesucht, um mich nach dem Grund für diese abscheuliche Bemerkung zu fragen.

Zum Glück war ich zu jener Zeit in Afrika, wo ich, das muss allerdings gesagt werden, noch schlechter gegessen habe als bei ihm.

Ich wäre dem Geschick, das er mir zugedacht hatte, umso weniger entronnen, als er für seine Kampagne einen anderen meiner Feinde angeworben hatte, nämlich den Direktor des «Hotels zur Post» in Martigny: Dieser hatte mir im Jahre 1832 das berühmte Bärensteak serviert, das schlichtweg einmal um die Welt gegangen und mittels amerikanischer Zeitungen wie die sagenumwobene Meeresschlange zu uns zurückgekehrt ist.[31]

Was diese beiden ehrwürdigen Gewerbetreibenden angeht, so beichte ich hier die Wahrheit. Wenn der eine, der Direktor des «Hôtel D'Albion», mir vielleicht zu Recht böse gewesen ist, so hätte der andere, der Direktor des «Hotels zur Post», allen Grund, mir zu danken.

Ein französischer Gastwirt hätte eine solch wunderbar gelungene Reklame mit Gold aufgewogen; er hätte sein Wirtshaus in «Zum Bärensteak» umgetauft und damit sein Glück gemacht.

Im Übrigen hat er vielleicht auch ohnedies sein Glück gemacht.

Ich bin nach 1832 noch einmal mit der Postkutsche in Martigny vorbeigekommen. Der Wirt, der mich nicht erkannte, beeilte sich, bei meinem Wagen die Pferde zu wechseln; er war dick und fett wie ein Mann, der weder Hass noch Reue kennt.

Hätte er gewusst, dass ich es war, mein Gott, was wäre wohl passiert!

Gegen sechs Uhr morgens kamen wir bei prächtigem Wetter in Köln an. Wir eilten zum Büro der Dampfschifffahrtsgesellschaft; das Dampfschiff sollte um acht Uhr ablegen. Bis dahin hatten wir noch zwei Stunden.

«Schlafen Sie, oder nehmen Sie ein Bad?», fragte ich meine Reisegefährtin.

«Ich nehme ein Bad.»

«Ich bringe Sie hin.»

«Sie wissen, wo das ist?»

«Ich weiß immer, wo die Bäder der Städte sind, durch die ich gekommen bin.»

Ich brachte sie zum Bad.

Ihr Schamgefühl bewirkte, dass sie bei der Frage: «Nehmen Sie eine Kabine oder zwei?» ein wenig rot wurde. Doch ich beeilte mich zu antworten: «Zwei.» Und man geleitete uns zu zwei Kabinen, die ebenso wie unsere beiden Hotelzimmer aneinanderstießen.

Wir hatten unser Gepäck – das von Lilla auf einen Koffer, mein eigenes auf eine Reisetasche reduziert – zum Dampfschiff Richtung Mainz bringen lassen. So brauchten wir, als wir das Bad verließen, nur denselben Weg zu nehmen wie unser Gepäck.

Seit wir uns in Preußen befanden, durfte meine Reisegefährtin sich doppelt wichtig fühlen; sie war meine Dolmetscherin geworden, und ihr oblagen die pekuniären Verhandlungen.

Die Rheinfahrt ist übrigens eine der wohlfeilsten Fahrten auf dieser Welt. Für vier oder fünf Taler, glaube ich, das heißt, für etwa zwanzig Franc, fährt man den Fluss, durch Boileau[32] berühmt gemacht und von Körner[33] besungen, von Köln bis nach Mainz hinauf, und für denselben Preis fährt man von Mainz bis nach Köln hinunter.

Bleibt die kulinarische Frage: Das Essen ist billig, aber scheußlich; die Weine sind teuer … und schlecht.

Meiner Meinung nach hat man diesen sauren Rheinweinen, die im Widerschein von Flusskieseln reifen, eine höchst übertriebene Reputation zuteilwerden lassen. Der Liebfrauenmilch und der Braunberger sind die einzig passablen. Hinsichtlich des Johannisberg würde ich mich zu dem Paradoxon versteigen, dass ich keinen guten Wein kenne, wenn er fünfundzwanzig Franc die Flasche kostet.

Von Köln an ist die Küche, obwohl die Speisekarte deutsch-französisch ist, ganz und gar preußisch. Sie erwarten, ein saures Gericht zu essen, und Sie essen ein süßes Gericht; Sie verlangen etwas Gezuckertes, und Sie bekommen etwas Gepfeffertes serviert; Sie tunken Ihr Brot in eine Soße, die einer Mehlschwitze ähnelt, und dabei essen Sie Marmelade.

Als ich in Deutschland zum ersten Mal Salat bestellte, ließ ich ihn mit den Worten zurückgehen: «Man hat vergessen, den Salat zu schleudern, er ist voller Wasser.»

Der Kellner nahm die Salatschüssel, hielt sie schräg und sah mich dann voller Erstaunen an.

«Nun?», sagte ich.

«Nun, mein Herr», erwiderte er, «das ist kein Wasser, das ist Essig.»

Ich erwartete, dass der Salat mir den Mund verätzen würde: Dabei schmeckte er nach gar nichts.

In allen Ländern der Erde gibt man Essig in den Salat; in Deutschland gibt man den Salat in den Essig.

Viele deutsche Gepflogenheiten finden sich in der deutschen Küche wieder. Man gibt Zucker in das Essigsaure und Honig in den Hass. Doch ich weiß nicht, was man in den Café à la crème gibt.

Nehmen Sie auf einem Rheindampfer, was Sie wollen, nehmen Sie Selterswasser, nehmen Sie Wasser aus Spa, Wasser aus Homburg, Wasser aus Baden, selbst Wasser aus Sedlitz, aber wenn Sie Franzose sind, nehmen Sie keinen Café à la crème.

Damit will ich nicht sagen, dass man in Frankreich immer guten Café à la crème bekommt; ich sage nur, dass man außerhalb Frankreichs, und vor allem in Deutschland, allenthalben abscheulichen Kaffee bekommt. Das fängt in Quiévrain an und geht in ständiger Steigerung weiter bis nach Wien.

Sie werden es nicht glauben, aber für dieses recht einfach erscheinende Rätsel, nämlich: «Warum bekommt man in Frankreich im Allgemeinen schlechten Kaffee?», gibt es eine ganz und gar politische Auflösung!

Ich wiederhole, ganz und gar politisch.

Man hat in Frankreich seit der Erfindung des Kaffees bis zur Kontinentalsperre[34], also von 1600 bis 1809, guten Kaffee bekommen.

1809 kostete der Zucker acht Franc das Pfund; das hat uns den Rübenzucker eingebracht.

1809 kostete der Kaffee zehn Franc das Pfund; das hat uns die Zichorie eingebracht.

Mit den Zuckerrüben mag es noch hingehen. Als Jäger bin ich, wenn der Weizen geerntet, der Hafer gemäht, der Klee und die Luzerne geschnitten sind, nicht böse, noch zwei oder drei Morgen Land mit Zuckerrüben zu finden, auf denen ich zwar bei jedem Schritt einen verstauchten Fuß riskiere, wo aber noch Rebhühner kauern oder Hasen hocken können.

Übrigens ist die Zuckerrübe, unter Asche gegart – wohlverstanden, nicht im Ofen – und vierundzwanzig Stunden in guten Essig eingelegt – nicht in deutschen Essig –, gar keine schlechte Vorspeise.

Aber die Zichorie!

Welchem Höllengott soll man die Zichorie zueignen?

Ein Schmeichler des Empire hat gesagt: «Die Zichorie ist erquickend.»

Es ist unglaublich, was man dem französischen Volk mit dem Wort «erquickend» alles zumuten kann.

Es heißt, das französische Volk sei das geistreichste Volk auf Erden. Es müsste heißen, das erregteste.

Die Köchinnen haben sich des Wortes «erquickend» bemächtigt; und hinter diesem Wort verschanzt, vergiften sie jeden Morgen ihre Herrschaft, indem sie ein Drittel Zichorie unter den Kaffee mischen.

Sie können bei Ihrer Köchin alles durchsetzen, dass sie weniger salzt, dass sie mehr pfeffert, dass sie sich mit fünf Prozent Provision zufriedengibt, die ihr der Schlachter, der Krämer, der Obsthändler zukommen lässt.

Sie werden bei Ihrer Köchin niemals durchsetzen, dass sie keine Zichorie in Ihren Kaffee gibt.

Noch die verlogenste Köchin ist schamlos, wenn es um die Zichorie geht. Sie bekennt sich zur Zichorie, sie rühmt sich ihrer, sie sagt zur Herrschaft: «Sie sind erregt, Monsieur! Es ist doch nur zur Ihrem Besten.»

Wenn Sie sie hinauswerfen, geht sie erhobenen Hauptes davon und wirft Ihnen böse Blicke zu.

Sie ist die Märtyrerin der Zichorie.

Ich bin völlig davon überzeugt, dass es eine Geheimgesellschaft der Köchinnen gibt, mit einer Hilfskasse für die Zichorierinnen.

Als nun die Krämer das sahen, verschrieben sie sich der Maxime: *Audite et intelligite.*[35]

Das hatten sie kapiert, obwohl sie sonst auch gern mal schwer von Begriff sind, wie man so sagt.

Früher haben sie die Zichorie gesondert verkauft – und bewiesen einen Rest Anstand. Heute wird Kaffee à la Zichorie verkauft, wie Schokolade à la Vanille verkauft wird.

Das alles wissen Sie ja als Kaffeeliebhaber, der Sie Ihren Mokka unverschnitten trinken und nicht ein Drittel aus Martinique kommt und ein Drittel aus Bourbon. Denn Sie lassen für Ihren Mokka Bohnen kaufen.

Sie sagen sich: «Ich röste ihn, ich mahle ihn von Hand. Ich schließe ihn ein und stecke den Schlüssel tief in die Hosentasche. Ich habe ein Gerät zum Destillieren von Weingeist, damit mache ich Kaffee, ich mache meinen Kaffee an meiner Tafel, und auf diese Weise entkomme ich der Zichorie.»

Da sind Sie schon vergiftet!

Die Krämer haben eine Gussform für Kaffeebohnen

erfunden, wie die Waffenschmiede eine Gussform für Kanonenkugeln erfunden haben.

Und so haben Sie ein Drittel Zichorie in Ihrem Mokka, den Sie selbst geröstet, gemahlen, weggeschlossen und zubereitet haben!

Seit der Zichorie sind die Krämer ganz und gar ruchlos geworden!

Das alles trug ich meiner Reisegefährtin vor, als ich sie auf Deutsch bestellen hörte: «Einen Kaffee mit Sahne.»

Doch wissen Sie, was sie auf meine Schmährede geantwortet hat?

«Ich habe nichts gegen die Zichorie, sie ist gut fürs Blut.»

Bis nach Deutschland also, ja bis nach Ungarn ist diese nicht nur antikulinarische, meiner Meinung nach sogar antikünstlerische Theorie vorgedrungen: «Die Zichorie ist erquickend!»

Ich rückte von Lilla ab. Ich empfand einen gewissen Widerwillen dagegen, diese Lippen, die so frisch waren wie zwei Rosenblütenblätter, und diese perlweißen Zähne mit dem abscheulichen Getränk in Berührung kommen zu sehen.

Ich spazierte zum Vordeck.

In blauender Ferne sah man nach und nach den dunkleren Azur der großen Erhebungen hervortreten, die den Rhein säumen und die, wo sie zusammenrücken, die malerische Passage der Loreley bilden.

Ich blieb, bis ich annehmen durfte, die Schale Kaffee mit Sahne sei nun ausgetrunken.

Dann kehrte ich zurück.

Ich fand meine Reisegefährtin in höchst angeregtem Gespräch mit einer bezaubernden Frau von dreiundzwanzig oder vierundzwanzig Jahren, blond, füllig, mit sanften Zügen und geschmeidiger Taille.

Ich glaubte zu bemerken, dass die beiden Frauen von mir sprachen.

Und nicht nur erriet ich, dass sie von mir sprachen, ich glaubte sogar zu erahnen, was der Gegenstand ihres Gesprächs war.

Da sie Lilla und mich zusammen auf das Schiff hatte kommen sehen, hatte die hübsche Wienerin – die blonde Dame war aus Wien –, hatte also die hübsche Wienerin sie gefragt, wie wir zueinander standen.

Und meine Reisegefährtin hatte wahrheitsgemäß geantwortet, dass wir schlicht und einfach Freunde seien.

Es war unverkennbar, dass ihre Gesprächspartnerin kein Wort davon glaubte.

Ich trat näher, und an der durch und durch respektvollen Art, in der ich mit Madame Bulyowsky sprach, konnte ihre Landsmännin sehen, dass sie ihr die reine Wahrheit gesagt hatte.

Das Gespräch nahm nun einen allgemeineren Charakter an.

Lilla stellte mich der schönen Reisenden als ihren Freund vor, und anschließend stellte sie mir die schöne Reisende als eine passionierte Verehrerin der französischen Literatur vor – was mir erlaubte, einen Teil der über meine Kollegen geäußerten Bewunderung für mich zu beanspruchen.

Die schöne Wienerin sprach Französisch wie eine Pariserin.

Ich weiß nicht, wie sie heißt, und folglich kann ich sie durch das Porträt, das ich von ihr zeichne, auch nicht kompromittieren; doch ich habe allen Grund zur Annahme, dass sie sich, wenn ich die Reise, die ich mit Lilla gemacht habe, mit ihr gemacht hätte und sie mich nach vier Tagen und vier Nächten jemandem als Freund vorgestellt hätte, einer faustdicken Lüge schuldig gemacht hätte.

Unterdessen stieg am Horizont die Sonne empor.

«Wo haben Sie meinen Sonnenschirm abgestellt?», fragte mich meine Reisegefährtin.

«Unten im Salon, bei meiner Reisetasche.»

Ich erhob mich.

Lilla reichte mir die Hand mit jener bezaubernden Anmut, die das Hauptverdienst der Mademoiselle Mars[36] ausmachte.

«Verzeihen Sie mir die Mühe, die ich Ihnen mache», setzte sie hinzu.

Ich schickte mich an, ihr die Hand zu küssen.

«Oh! Warten Sie.»

Sie zog ihren Handschuh aus.

Ich küsste ihr die Hand und ging den Sonnenschirm holen.

Als ich den Fuß auf die erste Stufe der Treppe setzte, schaute ich zurück.

Ich sah, wie die junge Wienerin lebhaft Lillas Hand ergriff, und es schien, als würde sie meine Reisegefährtin um etwas bitten.

«Nun gehen Sie schon», rief Lilla mir zu.

Ich ging hinunter, und fünf Minuten später kam ich mit dem Sonnenschirm wieder nach oben.

Lilla war allein.

«Was hat denn nun die bezaubernde Dame, die bei Ihnen war und die jetzt nicht mehr da ist, zu Ihnen gesagt?», fragte ich.

«Wann?»

«Als ich mich umgedreht habe.»

«Wie neugierig Sie sind!»

«Sagen Sie schon, ich bitte Sie.»

«Nein, ganz gewiss nicht. Sie sind ohnehin schon reichlich selbstverliebt.»

«Wenn Sie es mir nicht sagen, gehe ich und frage sie selbst.»

«Das werden Sie nicht tun.»

«Dann sagen Sie schon.»

«Sie wollen also wissen, worum sie mich gebeten hat?»

«Ja.»

«Nun denn, sie bat mich, mir die Hand an der Stelle küssen zu dürfen, wo Sie sie mir geküsst haben.»

«Und Sie haben es ihr erlaubt, hoffe ich doch?»

«Gewiss … Das ist ziemlich deutsch, nicht wahr?»

«Ja – nur gäbe ich manches darum, wenn es französisch wäre.»

«Hat nicht sogar eine Ihrer Königinnen die Lippen eines Dichters geküsst, während er schlief?»

«Ja. Doch war diese Königin Schottin, und sie starb, vergiftet von ihrem Gatten, mit den Worten: ‹Pfui über das Leben, es dauert mich nicht …!› Diese Königin war allerdings die Gemahlin Ludwigs XI.»[37]

V

Kaum hatte die hübsche Wienerin gesehen, dass ich mich Madame Bulyowsky wieder näherte, als sie auch schon herbeigeeilt kam, um sich an ihrer Seite niederzulassen, ohne sich darum zu bekümmern, was diese mir soeben erzählt hatte.

Die deutschen Frauen sind insofern bewunderungswürdig, als sie ihre Begeisterung nicht verbergen und ihr Mund weder ihre Augen noch ihr Herz Lügen straft: Was sie denken, das sagen sie schlicht, frank und frei heraus.

Ich glaube, es kann keine liebreichere und zugleich schmeichelhaftere Empfindung geben, als wenn Sie von einer hübschen Frau treuherzig gepriesen werden, die fünfhundert Meilen entfernt geboren wurde, die eine andere Sprache spricht, die Ihnen durch Zufall über den Weg läuft, die Sie eigentlich niemals kennengelernt hätte und die sich über die Maßen freut, Sie kennengelernt zu haben. Wenn man diese wohltuenden Huldigungen des Herzens und der Augen, die einem begegnen, sobald man die Grenze passiert hat, mit der schon gewohnten Art und Weise vergleicht, in der unsere Tages-, Wochen- und Monatszeitungen kaltherzig jedwedes Talent sezieren und jedes Genie leugnen, dann fragt man sich, warum man im eigenen Land und unter den eigenen Landsleuten immer diese Ernüchterung erfährt, die geradewegs in Entmutigung münden würde, wenn man nicht von Zeit zu Zeit ins Ausland führe, um sich Stärkung zu holen. Antaios[38] kam wieder zu Kräften, wenn er die Erde Afrikas berührte. Ich bin nicht Antaios, doch ich weiß, dass mir die meinen jedes Mal abhandenkommen, wenn ich französischen Boden betrete.

Im Übrigen erwartete mich noch eine zweite Überraschung derselben Art. Mit uns zusammen war eine Gruppe an Bord gekommen, sie bestand aus zwei Männern zwischen dreißig und fünfunddreißig, zwei Frauen zwischen fünfundzwanzig und dreißig und einem Kind von sieben oder acht Jahren.

Sie alle hatten ein fremdes Flair, das sie als Bewohner einer Welt auswies, die der Sonne der Tropen näher ist als die unsere; vor allem das Kind mit seinem langen schwarzen Haar, seinem dunklen Teint und seinen flammenden Augen war das Inbild eines Bewohners Südamerikas.

Eine der beiden Frauen hatte, kurz nachdem das Schiff abgelegt hatte, dem Kind ganz leise einige Worte ins Ohr geflüstert, und von da an hatte es nicht aufgehört, mich mit naiver Neugier anzuschauen.

Da die Gruppe, zu der es gehörte, der unseren gegenübersaß, und da wir lediglich durch den Zwischenraum voneinander entfernt waren, der die an die Kajütenwand gelehnte Bank von der an die Reling gelehnten Bank trennte, nahm ich all meine spärlichen philologischen Kenntnisse zusammen, um zu ihm auf Spanisch zu sagen: «Mein schönes Kind, wollen Sie wohl Ihre Madame Mutter für mich um die Erlaubnis bitten, Ihnen einen Kuss zu geben?»

Zu meinem großen Erstaunen sagte daraufhin eine der beiden Frauen in ausgezeichnetem Französisch zu ihm: «Alexandre, geben Sie Ihrem Paten einen Kuss.»

Ermutigt durch diese Erlaubnis, kam das Kind gelaufen, um sich in meine Arme zu werfen.

«Na so was», gab ich zur Antwort, «das ist allerdings stark! Dass der Satan dem Don Juan, der ihn vom einen Ufer des Manzanares aus um Feuer für seine Zigarre ersuchte, darauf reagierte, indem er den Arm über den Fluss ausstreckte, und dass Don Juan an der Zigarre, die von der am Ende dieses verlängerten Arms sitzenden Hand gehalten wurde, die seine entzündete, das ist schon ein Wunder.[39] Aber dass ich, ohne mir dessen bewusst zu sein, beide Hände ausgestreckt hätte, um ein Kind in Rio de Janeiro oder in Buenos Aires über ein Taufbecken zu halten, das hätte ich mir niemals träumen lassen.»

«Ganz so», gab die fremde Dame mir zur Antwort, «hat sich die Sache allerdings nicht abgespielt.»

«Wäre es indiskret, um Aufklärung zu bitten?», fragte ich.

«O mein Gott, nein!», antwortete die Amerikanerin. «Wir kommen weder aus Buenos Aires noch aus Rio de Janeiro. Wir sind aus Montevideo. Als wir, nachdem Rosas[40] vertrieben und Frieden eingekehrt war, endlich aufatmen konnten, war es wohl unser vordringlichster Wunsch, mit der Zivilisation Tritt zu fassen und es den führenden Städten Europas in der Schaffung der nützlichsten oder philanthropischsten Institutionen gleichzutun. Die erste oder eine der allerersten davon war ein Heim für Findelkinder. Nun, das Kind, das Sie hier sehen, war das erste, das in die Institution aufgenommen wurde, und Ihr Name ist in Montevideo derart beliebt, dass man es auf Ihren Namen taufte, damit es dem neuen Heim Glück bringen solle. Wir hatten keine Kinder, und so beschlossen wir, eines der Findelkinder zu adoptieren. Und für dieses haben wir uns aufgrund seines Namens entschieden.»

Ich hielt das schöne Kind in meinen Armen; ich drückte es an meine Brust, voller Stolz, dass ich von einem Ende der Welt zum anderen einen solch glücklichen Einfluss auf das Geschick dieses armen kleinen Wesens ausgeübt hatte.

Aus meinen Armen wanderte es weiter in die meiner beiden Reisegefährtinnen; und da fanden, ich weiß nicht, wie, die Hände des Kindes, die Hand von Lilla, die der Wiener Dame und die meine zueinander und blieben so fast eine halbe Stunde lang, sich einander durch jenes empfindsame Beben mitteilend, das an Verzückung rührt.

Diese halbe Stunde war, wenn wohl auch nicht die glücklichste, so doch gewiss die süßeste meines Lebens.

Schließlich riss sich das Kind mit einem Lächeln und einem Kuss los und lief zu seiner Adoptivfamilie, wie ein Vogel, der davonfliegt, um zu seinem Nest zurückzukehren.

Ich löste meine Hand aus der zarten Umklammerung und folgte dem Kind, um von diesen Spaniern der südlichen Hemisphäre etwas über die Menschen zu erfahren, die ich kannte und die in Montevideo lebten.

Der erste, nach dem ich mich erkundigte, ist ein Landsmann von mir, ein junger Waffenhändler aus Senlis. Ich hatte ihm behilflich sein können, als er sich in Paris niederlassen wollte. Sein Geschäft florierte, als es zur Revolution von 1848 kam, die einen Thron stürzte und in den Wirren jenes Umbruchs zahllose Existenzen zerstörte.[41]

Ich hatte ihn dem General Pacheco y Obes[42] empfohlen, als dieser sich zu einer Mission in Paris aufhielt. Der General hatte ihn nach Montevideo entsandt und zum Waffenhändler der Regierung ernennen lassen. Er – der Waffenhändler – war dabei, sein Glück zu machen.

Ich habe ihn später bei einer seiner Reisen nach Frankreich wiedergesehen. Er brachte mir einige Tausendfrancscheine mit, die er mir schuldete, und als Zins ein prächtiges Bärenfell.

So kam ich auf einen anderen Franzosen zu sprechen, den ich ebenfalls dem General Pacheco anempfohlen hatte, den Grafen von Horbourg[43], Sohn eines Adjutanten meines Vaters.

Eines Tages befand sich der Graf von Horbourg, Vater des zuvor Genannten, mit meinem Vater im Nildelta auf der Jagd. Dabei trat er auf den Schwanz einer dieser Boas der kleineren Gattung, die man Pythons nennt.

Die Schlange richtete sich auf und ließ den ungeheuren Kopf vorschnellen, um ihn zu beißen.

Doch mein Vater war schneller als die Schlange und hatte angelegt, gefeuert und sie getötet, ohne dass eine einzige Schrotkugel den Adjutanten getroffen hätte.

Der Graf von Horbourg hatte sich aus der Haut dieser Schlange ein Säbelgehänge machen lassen.

Als er starb, vermachte er mir dieses Gehänge als Erinnerung an meinen Vater.

Sein Sohn, noch in Trauerkleidung, hat ihn mir überbracht. Daher rührte meine Bekanntschaft mit ihm.

Er hatte in Afrika gedient und war nicht ungebildet; doch er war eine jener Existenzen, bei denen der Absinth Gesundheit und Geist ruiniert hatte. Brauchte man seinen körperlichen Einsatz, hatte er Fieber; brauchte man seinen Verstand, war er betrunken.

Diesen Mann nun hatte eigentlich nicht ich dem General Pacheco empfohlen; es war der General, der bei mir um ihn nachgesucht hatte. Er machte ihn zum Ausbildungsoffizier.

Von Horbourg starb in Ausübung dieser seiner Funktion, und zwar auf höchst unglückliche Weise.

Eines Tages, als er mit einem Regiment Kampfübungen in hohem Gras durchführen ließ, glitt ihm sein Säbel aus der Hand und fiel zu Boden. Fiebrig erregt, wie er es immer war, sprang er vom Pferd. Der Säbel war, den Schaft im Boden, die Klinge in der Luft, aufrecht stecken geblieben. In seinem Sprung bohrte sich ihm die Klinge durch den Leib, und er überlebte den Unfall nur um zwei Stunden.

Pacheco y Obes aber, der bedeutendste Mann aller montevideischen Revolutionen, war ebenfalls tot, gestorben in Ungnade, wie Scipio[44]. Arm wie Cincinnatus[45], hatte er es, wie Lamartine[46], zum Millionär gebracht; allein, er war einer dieser großzügigen Dichter, denen die Millionen durch die Finger rinnen.

In vertraulicher Mission nach Paris entsandt, war er in den Gazetten verspottet worden. Der Spott war bis hin zur Beleidigung gegangen. Er hatte Satisfaktion verlangt, man hatte sie ihm verweigert; da hatte er sich an die Strafkammer gewandt, und so schlecht sein Französisch auch war, hatte er seine Sache dort selbst vertreten wollen.

Vor Gericht war ihm eine Beredsamkeit zugeflogen, wie es großen Herzen zuweilen widerfährt, wie es General Foy widerfuhr, wie es General Lamarque widerfuhr, wie es Monsieur de Fitz-James widerfuhr.[47]

Die Spötter hatten sich vor allem über die Winzigkeit seiner Republik, über die Geringfügigkeit seines Anliegens ausgelassen.

Er hatte geantwortet: «Die Größe der Hingabe misst sich nicht an der Größe der Sache, die man verficht. Wenn ich das Glück hätte, all mein Blut für die Freiheit von Montevideo zu vergießen, so täte ich das Gleiche wie Hektor, der all das seine für die Verteidigung Trojas vergossen hat.»

Nun hatte dieses große Herz aufgehört zu schlagen, war dieser große Verfechter eines kleinen Anliegens gestorben, gestorben in solcher Armut, dass es just jener junge Waffenhändler war, den ich ihm zu Zeiten seiner Macht anempfohlen hatte, der die Aufwendungen für seine letzten Tage und die Kosten für seine Beisetzung übernahm.

Das war eine traurige Nachricht. Ach, es kommt ein Lebensalter, da man, wenn man den Blick schweifen lässt, überall nur schwarze Punkte sieht: Das sind Trauerflecken. Die Mediziner sagen, es sei das Augenlicht, das nachlasse, es sei der Blutandrang in der Netzhaut, es sei die *gutta serena*[48], die die Pupille beeinträchtige; sie nennen das Mouches volantes[49].

Wenn man diese Mouches einmal nicht mehr sieht, dann deshalb, weil man selber tot ist.

Ich kehrte zu meinen Begleiterinnen zurück, nachdem ich sie vergebens dort gesucht hatte, wo ich sie zurückgelassen hatte. Sie hatten sich an einen Tisch gesetzt, und auf diesem Tisch befanden sich Papier, Tinte und Federn.

Ich verstand: Ich war zur Folter des Autogrammegebens verurteilt; eine gewöhnliche Folter, die wie von selbst zu einer außergewöhnlichen wurde.

Von dem Moment an, da ich den Fuß auf das Schiff gesetzt hatte, hatte sich herumgesprochen, wer ich war.

Von dem Moment an, da ich die Feder zur Hand nahm, bildete sich eine Schlange.

Unseligerweise befand sich eine gewisse Anzahl Engländer und vor allem Engländerinnen an Bord.

Wo es um Autogramme geht, sind männliche Engländer zudringlich, Engländerinnen aber sind unersättlich.

Im Übrigen bescherte mir die Sitzung, die ich inmitten eines Dutzends Engländerinnen jeden Alters zwischen zwölf und sechzig Jahren abhielt, eine große philologische und physiologische Entdeckung.

Ich bemerkte, dass sich die Deformation des Mundes, die bei alten Engländern und alten Engländerinnen so verbreitet ist, erst ab einem gewissen Alter einstellt und dass junge Engländer und Engländerinnen im Allgemeinen charmante Münder haben.

Wer oder was also kann den Mund der alten Engländer und der alten Engländerinnen so entstellen, dass bei den einen eine Schnauze daraus wird und bei den anderen ein Rüssel?

Es ist das th.

«Wie? Das th?», fragen Sie.

Mein Gott, ja.

Fragen Sie Ihren Englischlehrer, wie man das Zischen bewerkstelligt, das nötig ist, um das th auszusprechen und daraus ein ths zu machen.

Er wird Ihnen antworten: «Pressen Sie die Zunge fest gegen die obere und die untere Zahnreihe zugleich und sprechen Sie dabei das th aus.»

Nun, durch das Aussprechen des th, das im englischen Vokabular allsekündlich vorkommt, durch den Druck gegen die untere wie die obere Zahnreihe trägt das Weiche – die Zunge – gegenüber dem Festen – den Zähnen – den Sieg davon; und darauf harrend, gänzlich umgestoßen zu werden, hat die Barrikade dem Druck nachgegeben.

Wenn Sie, werter Leser oder schöne Leserin, eine andere Lösung dieses Rätsels kennen: «Warum haben Engländer und Engländerinnen zwischen fünfzehn und zwanzig Jahren beinahe alle einen charmanten Mund, und warum haben Engländer und Engländerinnen zwischen fünfzig und sechzig Jahren beinahe durchweg einen scheußlichen Mund?» – wenn Sie, sage ich, eine andere Lösung kennen, dann geben Sie sie mir; und ich gebe Ihnen ein Autogramm dafür.

VI

Gegen neun Uhr abends trafen wir in Koblenz ein.

Meine Reisegefährtin hatte sich dermaßen an unser geschwisterliches Verhältnis gewöhnt, dass sie sich hinsichtlich der Topografie unserer Zimmer nicht mehr beunruhigte und dass sie, hätte man uns *ein* Zimmer gegeben, keinerlei Einwände erhoben hätte, vorausgesetzt, dass in diesem Zimmer zwei Betten gewesen wären.

Es traf sich, dass unsere Zimmer aneinanderstießen; das von Lilla hatte zwei Betten.

Wir nahmen das Abendessen zu dritt ein – unsere Freundin, die Dame aus Wien, hatte das *Triumfeminavirat* akzeptiert.

Wir hatten einen entzückenden Nachmittag miteinander verbracht.

Wahrhaftig, wenn die Männer wüssten, welch Zauber in der Freundschaft einer Frau liegt, und gar erst in der zweier Frauen, dann vergössen sie womöglich eine Freudenträne, ganz gewiss aber eine Träne des Bedauerns, und zwar an dem Tag, da sie die Grenzen der Freundschaft überträten, um den Fuß in das Herrschaftsgebiet der Liebe zu setzen.

Wir verbrachten einen zauberhaften Abend. Man servierte uns den Tee in Lillas Zimmer, und wir nahmen ihn an einem großen Fenster, das sich unmittelbar zum Rhein hin öffnete, ein wenig oberhalb der Brücke, die zur Festung Ehrenbreitstein und dann, jenseits des Rheins, weiter in die Hügel führt, die von hier an allmählich in die Berge übergehen.

Der Mond stieg auf und verströmte die Berghänge entlang Fluten weichen Lichts, die in den Rhein mündeten und ihn in einen ungeheuren silbrigen Spiegel verwandelten.

Was hatten wir uns angesichts dieser wunderbaren Natur zu sagen? Ich weiß es nicht mehr; wahrscheinlich sprachen wir über Shakespeare und Victor Hugo, über Goethe und Lamartine. Die großen Dichter besingen die großen Naturschauspiele, und zum Dank dafür kommen uns bei großen Naturschauspielen unweigerlich die großen Dichter in den Sinn.

Fraglos um diese schöne Vertrautheit so lange wie möglich fortzusetzen, bat unsere Wiener Freundin darum, das Zimmer mit Lilla teilen zu dürfen. Lilla wandte sich zu mir um, als wolle sie mich fragen, ob mir das recht wäre.

Ich musste laut lachen.

Ich zog mich in mein Zimmer zurück und überließ die beiden Damen sich selbst.

Um von meinem Bett aus den schönen Mond zu sehen, und für später, wenn meine Kerze gelöscht wäre, hatte ich die Fensterläden offen gelassen und die Vorhänge nicht zugezogen, sodass ich durch die Fensterscheiben das Firmament in reinstem Azur sah, durchzogen von einer breiten, weiß schimmernden Spur – es war die Milchstraße –, während ich in der äußersten Tiefe des Himmels einen Stern abwechselnd rot, weiß und blau flackern sah – es war Aldebaran.[50]

Wie lange ich dieses holde und melancholisch stimmende Schauspiel mit offenen oder halb geschlossenen Augen betrachtet habe, weiß ich nicht. Ich bin schließlich eingeschlafen, und als ich die Augen wieder öffnete, die noch ganz erfüllt waren vom nächtlichen Azur und den flammend blauen Sternen, glaubte ich mich angesichts einer Feuersbrunst.

Alles, was am Abend blau gewesen war, war jetzt purpurfarben. Der Himmel, wenige Stunden zuvor so still und klar, schien nun in Feuerwalzen heranzurollen. Die Morgenröte zog herauf, die Sonne verkündend.

Verzückt betrachtete ich dieses Schauspiel, als mir schien, ich werde aus dem Nachbarzimmer gerufen.

Ich hörte genauer hin, und tatsächlich, mein Vorname Alexandre drang zu mir herüber.

«Sind Sie das, Lilla?», fragte ich meinerseits mit gedämpfter Stimme.

«Ja. Sie sind wach, wie schön!», fuhr sie immer noch mit leiser Stimme fort. «Finden Sie die Pracht, die Gott uns in diesem Augenblick beschert, nicht großartig?»

«Herrlich! Und wie ärgerlich, einen so schönen Himmel ganz alleine zu betrachten!»

«Wer hindert Sie, herüberzukommen und ihn von hier aus zu betrachten?»

«Aber ist das unserer Wienerin denn auch recht?»

«Pah! Die schläft doch.»

«Dann öffnen Sie mir die Tür.»

«Öffnen Sie sie selbst, sie ist gar nicht abgeschlossen.»

Ich sprang von meinem Bett, zog Steghose und Morgenrock über, schlüpfte in meine Pantoffeln und betrat, so sachte ich konnte, das Zimmer meiner Nachbarinnen.

Lilla lag, um in Begriffen des französischen Theaters zu sprechen, *côté cour* und ihre Nachbarin *côté jardin*[51]. Durch das hohe Fenster fiel ein Strahl des anbrechenden Tages auf ihr Bett und ihr Gesicht und tauchte es in helles Rot, sodass es in rosigem Schimmer zu schwimmen schien. Ich nahm einen Spiegel von der Wand und brachte ihn ihr, ohne zwischen sie und das hereinfallende Licht zu treten, damit sie sich so betrachten konnte.

An ihrem Lächeln war für mich unschwer zu erkennen, dass sie mir dankbar dafür war, sich so schön zu sehen.

«Wohlan», sagte ich, «küssen Sie sich.»

Und ich näherte den Spiegel ihren Lippen.

«Nein», sagte sie, «küssen Sie mich, das ist dann doch besser.»

Ich küsste sie und wünschte ihr, sie möge noch oftmals eine solch schöne Morgenröte erleben, wie wir sie jetzt sahen; dann hängte ich den Spiegel zurück an seinen Nagel.

«Nehmen Sie einen Stuhl und setzen Sie sich neben mein Bett», sagte sie, «ich habe ein Ansinnen an Sie.»

«Und das wäre?»

«Dass Sie mir eine Geschichte erzählen, die in meiner Erinnerung auf ewig mit der an diesen schönen Sonnenaufgang verbunden bleiben wird.»

«Was für eine Geschichte kann man angesichts eines solch feierlichen Moments schon erzählen? Sie kennen ‹Werther›, Sie kennen ‹Paul und Virginie› ...»[52]

«Haben Sie mir nicht gesagt, dass Sie eine der schönsten Erinnerungen Ihres Lebens einer Landsmännin von mir verdanken?»

«Stimmt, das habe ich Ihnen gesagt.»

«Haben Sie mir nicht gesagt, dass diese Erinnerung von keinerlei Leid getrübt war und dass die einzigen Tränen, mit denen Sie für drei Monate Glückseligkeit bezahlten, jene waren, die Sie im Augenblick der Trennung vergossen?»

«Auch das stimmt.»

«Würden Sie es als indiskret empfinden, mir diese Geschichte zu erzählen?»

«Nein, unseligerweise, denn die Betreffende ist vor zwei Jahren gestorben.»

«Sie sagten, dass sie nicht nur meine Landsmännin, sondern auch, genau wie ich, Bühnenkünstlerin war.»

«Richtig; ihre Kunst war allerdings der Gesang.»

«Erzählen Sie doch, ich bitte Sie; aber sprechen Sie leise, denn unsere Nachbarin schläft.»

«Es trug sich im Jahr 1839 zu; wie Sie sehen, war ich bereits alt, nämlich siebenunddreißig.»

«Sie werden ja wohl niemals alt, oder?»

«Ihr Wort in Gottes Ohr! Ich befand mich zum dritten Mal in Neapel, und wieder unter einem falschen Namen. Diesmal nannte ich mich recht prosaisch Monsieur Durand.

Ich wollte noch einmal nach Sorrent, nach Amalfi, nach Pompeji – Orte, die ich bei meiner ersten Reise nur flüchtig gesehen hatte und die man überdies ja nie gründlich genug gesehen hat. Und so begab ich mich, getreu meinen Gepflogenheiten, zum Hafen und mietete eines jener sizilianischen Schiffe, auf denen ich schon 1835 meine Fahrt unternommen hatte.

Diesmal war ich allein, ohne meine beiden guten Gefährten, von denen der eine Jadin und der andere Milord hieß.[53]

Diesmal war Duprez nicht mehr in Neapel, die Malibran war nicht mehr in Neapel, Persiani war nicht mehr in Neapel.[54]

Überhaupt war mir Neapel reichlich trist vorgekommen.

Gleichwohl hatte ich am Vorabend des Tages, an dem ich ein Schiff mieten wollte, einem großen musikalischen Ereignis beigewohnt.

Ihre Landsmännin, Madame D… – Sie werden mir erlauben, Ihnen nur ihren Vornamen, Maria,[55] zu nennen –, hatte in Neapel ihre letzte Vorstellung gegeben; als Nächstes sollte sie im Theater von Palermo singen.

Madame D… war eine hochgewachsene und schöne Person von dreißig Jahren; wie Sie sprach sie alle Sprachen, sie hatte eine sehr schöne, vor allem aber ungemein bewegende Stimme.

Als Norma[56] hatte sie Triumphe gefeiert.

Ich hatte sie in Paris kennengelernt, dort wurde sie im komischen Fach eingesetzt, darunter auch als Zerlina[57], womit sie sehr großen Erfolg hatte.

Ich war ihr damals nach einer Vorstellung von ‹Don Giovanni› vorgestellt worden, und wir wurden von einer derartigen Zuneigung füreinander ergriffen, dass sie, als ich ihr ganz schlicht sagte, ich fände sie bezaubernd und sei recht glücklich, dass sie am übernächsten Tag abreise, mir unbefangen antwortete: ‹Im Gegenteil, was für ein Unglück!›

‹Aber›, beeilte ich mich fortzufahren, ‹zwei Tage sind achtundvierzig Stunden, achtundvierzig Stunden sind zweitausendachthundertachtzig Minuten; das ist eine Ewigkeit, wenn man sie zu nutzen versteht.›

Sie aber hatte kopfschüttelnd geantwortet: ‹Nein … In achtundvierzig Stunden hätte ich Zeit, Ihnen zu zeigen, dass Sie mir gefallen, nicht aber, Ihnen zu beweisen, dass ich Sie liebe.›

Diese Antwort schien mir überzeugend, da hatte ich nicht weiter gedrängt. Ich küsste ihr beim Abschied die Hand. Sie fuhr nach Deutschland, ich fuhr nach Italien; wir sahen uns zunächst nicht wieder.

Der Zufall führte uns in Neapel wieder zusammen.

Da ich mich allerdings unter falschem Namen dort aufhielt und erst am Abend zuvor angekommen war, wusste sie nichts von meiner Anwesenheit; ich dagegen wusste von ihren Erfolgen, den Beifallsstürmen, ihren Triumphen. Ihr Name stand nicht nur auf allen Plakaten, sondern war auch in aller Munde.

Ich erkundigte mich nach ihr; ich fragte, wo sie wohnte. ‹Via Toledo›, hieß es, und man gab mir die genaue Adresse. Ich war drauf und dran, zu ihr zu eilen, als mich diese wenigen Worte innehalten ließen: ‹Wissen Sie, dass sie heiraten wird?›

Sie können sich vorstellen, dass dieser Satz auf mich wirkte wie eine eiskalte Dusche!

‹Heiraten! Und wen?›

‹Einen ihrer Landsleute, einen jungen Komponisten, den Sie bestimmt gut kennen, er betreibt Musik als Liebhaberei: Baron Ferdinand de S…›[58]

‹Ach du lieber Gott!›, rief ich.

Und tatsächlich hätte mich nichts in größeres Erstaunen versetzen können als diese Verbindung.

Doch da es vor allem die unglaublichen Dinge sind, die ich zuallererst glaube, denn etwas Unglaubliches muss ja existent sein, damit man sagt, es sei unglaublich, war ich zwar erstaunt, doch zugleich überzeugt, dass es damit seine Richtigkeit hatte.

Von nun an lag mir der Gedanke, Maria wiederzusehen, gänzlich fern; wenn sie es nicht für angezeigt gehalten hatte, mir Beachtung zu schenken, als sie zwei Tage später abreisen musste, hätte sie jetzt umso mehr Grund, mich nicht mehr zu kennen, da sie in acht Tagen heiraten wollte.

Vielleicht wäre ich, hätte ich diese Neuigkeit nicht erfahren, ein paar Tage länger in Neapel geblieben, selbst auf die Gefahr hin, wieder festgenommen zu werden, wie beim ersten Mal geschehen; nun aber beschleunigte diese Nachricht meine Abreise. Ich ging also, wie schon gesagt, zum Hafen; dort reservierte ich die einzige *speronara*[59], die vorhanden war, und machte mich auf den Weg zurück in mein Hotel.

Am Kai stand ich plötzlich Maria und Ferdinand von Angesicht zu Angesicht gegenüber.

Beide stießen einen Ruf der Überraschung aus.

‹Wieso sind Sie hier, und wieso wissen wir nichts davon?›, fragten sie beide wie aus einem Mund.

‹Aus dem unendlich einfachen Grund, dass angesichts der heiligen Antipathie, die Seine Majestät der König von Neapel für Ihren sehr ergebenen Diener hegt, keine Menschenseele weiß, dass ich hier bin.›

‹Aber dass wir hier sind, das wussten Sie doch›, sagte Ferdinand. ‹Wieso haben Sie uns nicht aufgesucht?›

‹Ich wusste, dass Madame hier ist, und gestern Abend

habe ich ihr im Teatro San-Carlo meinen Tribut an Beifall gezollt.›

‹Und Sie haben mich nicht im Theater aufgesucht?›, fragte nun Maria.

‹Nein, und das aus zwei Gründen.›

‹Ich wette, dass keiner davon ein guter ist.›

‹Und ich wette, dass im Gegenteil alle beide gut sind.›

‹Lassen Sie hören!›

‹Der erste ist, dass ich, um ins Theater eingelassen zu werden, meinen Namen hätte nennen müssen; dass ich, hätte ich meinen wirklichen Namen, also Alexandre Dumas, genannt, auf der Stelle festgenommen und zur Polizei gebracht worden wäre; hätte ich meinen falschen Namen, Pierre Durand, genannt, wäre ich zwar von niemandem erkannt worden, von Ihnen aber ebenso wenig wie von anderen, und folglich wäre ich gar nicht bis zur Ihrer Garderobe vorgedrungen.›

‹Hm!›, war von Maria zu hören, ‹ich muss sagen, ist der erste Grund auch kein wirklich guter, so ist er auch kein wirklich schlechter. Nun den zweiten.›

‹Der zweite ist der: Nachdem ich von Ihrer bevorstehenden Heirat gehört hatte, wollte ich mich eurer Liebe nicht in den Weg stellen und mich in dieser Runde fühlen wie das fünfte Rad am Wagen.›

‹Und wer sagt Ihnen, dass wir Sie so empfangen hätten?›

‹Wie, ich soll die Verliebten nicht kennen, der ich mein Leben damit verbringe, mir welche auszudenken?›

‹Haben wir Sie denn so empfangen?›

‹Das wär's noch, mitten auf der Straße! Das hätte gerade noch gefehlt, mir eine Szene zu machen, weil ich Sie behellige mit meiner Wenigkeit.›

‹Dabei hätte ich nicht übel Lust dazu, was mich betrifft›, sagte der Baron.

‹Warum denn?›

‹Weil ich wütend bin.›

‹Und Sie, Madame, sind Sie auch wütend?›

‹Ich bin es indirekt.›

‹Ach, nur indirekt, vielen Dank auch.›

‹Was ist Ihnen denn widerfahren?›

‹Widerfahren ist uns … Da Sie wissen, dass wir heiraten werden, brauche ich Ihnen dazu ja nichts mitzuteilen …›

‹Nein.›

‹Allerdings wissen Sie nicht, wo wir heiraten wollen.›

‹Ich habe keine Ahnung.›

‹Nun, wir wollen im Heiligtum der Santa Rosalia in Palermo heiraten, dessen Patronin Madame ganz besonders verehrt. Sie wissen, wer die heilige Rosalia war?›

‹Durchaus: Sie war die Tochter eines reichen römischen Adeligen, die von Karl dem Großen abstammte und sich in eine Grotte am Monte Pellegrino zurückzog, wo sie gegen Beginn des zwölften Jahrhunderts oder gegen Ende des elften starb.›

‹Er ist aber ganz schön beschlagen, was Santa Rosalia betrifft!›

‹Liebe Güte, das will ich meinen! Ich war am Tag ihres Festes in Palermo, und da sie die Schutzpatronin der

Stadt ist, hätte ich das um keinen Preis verpassen wollen.›

‹Und das ist alles, was Sie über die heilige Rosalia wissen?›

‹Pardon, ich weiß auch noch, dass sie in Palermo dieselbe Rolle spielt wie ein gewisser Schmied in Gretna Green.›[60]

‹Nun ja, genau deshalb wollten wir uns an die heilige Rosalia von Palermo wenden, damit sie ihre Rolle auch uns gegenüber erfüllt.›

‹Ach! Wie passend! … Und? Hat sie sich geweigert?›

‹Nein, ganz und gar nicht.›

‹Sie haben gesagt, Sie seien wütend, teurer Freund.›

‹Ich bin wütend, weil wir darauf zählten, morgen mit dem sizilianischen Dampfer zu fahren.›

‹Aha! Und der fährt nicht?›

‹Er ist in Reparatur, ein Rad ist gebrochen.›

‹Ach, was für ein Tölpel! Nun, dann machen Sie es doch wie ich.›

‹Was haben Sie denn gemacht?›

‹Ich habe eine *speronara* geheuert. Gehen Sie zum Hafen und heuern Sie ebenfalls eine.›

‹Da kommen wir gerade her. Es gibt keine mehr; ein Monsieur Durand hat gerade die einzige gechartert, die es dort gab … Ach! Jetzt verstehe ich!›, rief der Baron aus.

‹Was?›, fragte Maria.

‹Dass er Monsieur Durand ist, er hat es uns doch gerade gesagt.›

‹Kein Zweifel, ich bin es.›

‹Überlassen Sie uns Ihr Schiff.›

‹Ach, und ich?›

‹Sie verschieben Ihre Abreise! Sie haben es nicht eilig, Sie heiraten ja nicht.›

‹Heilige Einfalt!›

‹Überlassen Sie uns Ihr Schiff.›

‹Und wenn mich jemand erkennt, wenn man mich verhaftet?›

‹Teufel auch! Überlassen Sie es uns trotzdem.›

‹Er besteht drauf!›

‹So warten Sie doch! Wir zahlen Ihnen eine Passage nach Messina oder Palermo.›

‹Aber ich möchte weder nach Messina noch nach Palermo.›

‹Auf die Weise kommen Sie halt hin. Mein Gott, das ist doch wohl keine Strafe!›

‹Es käme sehr gelegen, Maria benötigt nämlich ohnehin einen Trauzeugen, den werden Sie für sie abgeben.›

‹Soll Madame mich dazu auffordern, und ich werde sehen, was sich machen lässt.›

‹Hören Sie, Maria?›

Doch Maria schwieg, und da ihr das Blut zu Kopf stieg, wurde sie rot bis über beide Ohren.

‹Nun›, ließ sich der Baron vernehmen, ‹Sie sagen ja gar nichts.›

‹Ich wage es nicht.›

Die Verlegenheit der Madame D… war meine Rache; ich beschloss, sie in Rage zu bringen.

Zum ersten Mal in meinem Leben war ich nachtragend.

‹Nun denn›, sagte ich zu ihm, ‹ich bin einverstanden, aber nur unter einer Bedingung.›

‹Und die wäre?›

‹Dass ich es bin, der Sie hinbringt, der Ihnen sein Schiff leiht, der Sie in Sizilien an Land setzt.›

‹Topp!›, sagte Ferdinand, ‹ich bin einverstanden.›

‹Oh!›, murmelte Maria, ‹so was Aufdringliches …›

‹Allerdings, doch der Zweck heiligt die Mittel, und ich habe immer das Ziel vor Augen.›

‹So schweigen Sie doch.›

‹Aber nein, ich will nicht schweigen. Im Gegenteil, ich will es von allen Dächern rufen, und das ist hier umso bequemer, als die Dächer flach sind.›

‹Kommen Sie schon, Madame›, sagte ich zu Maria, ‹lassen Sie sich überreden.›

‹Wie? Sie auch?›

‹Ich auch, selbstverständlich, und sogar an erster Stelle.›

‹Nein, ich bitte Sie, Sie an zweiter.›

‹Sie haben recht. Wann fahren wir?›

‹Wann gedenken Sie zu fahren?›

‹Morgen bei Tagesanbruch, sofern der Wind günstig ist.›

‹Fahren wir morgen bei Tagesanbruch.›

‹Wir hätten doch erst übermorgen fahren sollen.›

‹Mit der *speronara* brauchen wir gut einen Tag länger als mit dem Dampfschiff; es kommt auf dasselbe hinaus.›

‹Und meine Garderobe?›

‹Dann tragen Sie bei der Trauung eben ein graues Kleid und einen einfachen Hut.›

‹Und unsere Pässe?›

‹Mein lieber Dumas, nehmen Sie den Arm von Madame, machen Sie mit ihr einen kleinen Spaziergang durch Chiaia[61]; ich schaue bei der französischen Botschaft vorbei und dann beim Fremdenamt, und ich bringe unsere Pässe mit.›

‹Ferdinand! Ferdinand!›

Doch Ferdinand war schon auf und davon.

Ich nahm Marias Arm, wobei ich spürte, wie er bei der Berührung mit dem meinen erbebte, und ich machte mich mit ihr auf den Weg durch Chiaia.

Wir gelangten, ohne auch nur ein Wort zu wechseln, bis zur Mole, die vom Meer umbrandet wird. Schweigend standen wir da, während unsere Augen sich in der Weite verloren.

Nach einer Weile stieß ich einen Seufzer aus, den Maria mit einem Seufzer beantwortete.

‹Ich glaube, meine teure Maria›, sagte ich, ‹dass Sie beide eine große Dummheit begehen.›

‹Sie glauben das›, antwortete sie, ‹ich dagegen bin mir dessen gewiss …›»

In diesem Moment regte sich unsere Wiener Freundin in ihrem Bett. Ich drehte mich nach ihr um.

«Achten Sie nicht darauf», sagte Lilla, «das macht sie nur, um besser Luft zu bekommen.»

«Vielleicht aber auch», so sagte ich, «damit sie besser hört?»

«Sie sind verrückt! Sie schläft wie Eva vor dem Sündenfall.»

«Was Sie nicht sagen! Wie Eva vor dem Sündenfall! Dabei sehe ich nicht nur einen Apfel, ich sehe deren sogar zwei!»

Das war eine freche Lüge, was unsere Wienerin aber nicht daran hinderte, einen lauten Schrei auszustoßen und sich das Laken mit einer heftigen Bewegung bis zu den Augen hinaufzuziehen.

«Aha!», sagte ich zu ihr, «jetzt habe ich Sie ertappt, Sie Neugierige!»

Sie streckte beide Hände unter der Decke hervor und faltete sie, wie ein Kind es getan hätte. «Lassen Sie Gnade vor Recht ergehen!», sagte sie.

«Überredet, doch ich kann nicht zu zwei Personen gleichzeitig sprechen, also nach rechts sprechen und nach links schauen; ein steifer Hals wäre da noch das Geringste, was ich mir zuziehen könnte.»

«Was also wünschen Sie?», fragte da die schöne Wienerin.

«Ich wünsche nicht, ich fordere.»

«Oh! Sie fordern?», warf Lilla ein.

«Ja, ich fordere, oder ich werde schweigen.»

«Nein, nein, nein … Was fordern Sie?», fragte die Wienerin.

«Ich schließe die Augen, und Sie legen sich zu Ihrer Freundin ins Bett. Vielleicht werde ich ja verrückt, wenn ich zwei solche Köpfe auf demselben Kissen sehe, aber wenigstens hole ich mir keinen steifen Hals.»

«Soll ich tun, was er will, Lilla?»

«Zweifellos, da Sie sich ihm anheimgegeben haben.»

«Aber Sie schließen doch die Augen?»

«Ehrenwort!»

«Wird er sein Ehrenwort halten, Lilla?»

«Ich verbürge mich für ihn.»

«Dann schließen Sie die Augen.»

Ich hörte Schritte wie von einem Schatten, ich roch einen flüchtigen Hauch wie Parfüm; dann sagte eine recht zittrige, leise Stimme: «Wir sind so weit, Sie dürfen schauen.»

Die beiden bezaubernden Frauen lagen beieinander, Arm in Arm, die Wange der Wienerin an Lillas Kopf geschmiegt.

Ach! Hätte ich doch sagen können wie Correggio: *«Anch'io son pittore!»*[62]

VII

Ich fuhr fort: «Ferdinand hatte den italienischen Grundsatz *‹Chi vò, va; chi nun vò, manna›*[63] in die Tat umgesetzt.

Er war also gegangen und kehrte ein halbe Stunde später wie versprochen mit den Pässen zurück.

Er hatte Maria und mich, wie schon gesagt, am Meeresufer zurückgelassen.

Bei unserem Tête-à-Tête hatte Maria mit jener Selbstgefälligkeit, der auch eine Frau, die ansonsten keinerlei Koketterie zeigt, bei derlei Erzählung nicht entgeht, mir berichtet, wie Ferdinand sich heillos in sie verliebt habe; wie sie, da sie ihn nicht genug liebte, um seiner Leidenschaft nachzugeben, ihm mit Zurückhaltung begegnet sei; wie jene Zurückhaltung, auf die er nicht gefasst war, Ferdinand verrückt gemacht habe und wie er, da er nicht hoffen konnte, sie als Geliebte zu besitzen, ihr angeboten habe, seine Frau zu werden.

Für eine bedauernswerte Kreatur, die sich außerhalb der etablierten Verhältnisse der Gesellschaft bewegt, müssen die knappen Worte ‹Werden Sie meine Frau› etwas ausgesprochen Verführerisches haben, denn fast immer hascht sie danach wie nach einem Ball, und zwar nicht erst, wenn er wieder hochspringt, sondern noch ehe er überhaupt den Boden berührt. Maria war schön; sie hatte ein Talent, das ihr glänzende Erfolge und hochfahrende Freuden bescherte; mit diesem Talent verdiente sie fünfzigtausend Franc im Jahr, von denen sie, obwohl sie ein sehr aufwendiges Leben führte, kaum ein Drittel ausgab; sie hatte weder Vater noch Mutter, die eine Aufsicht über ihr Verhalten hätten beanspruchen können; sie konnte sich den Kapriolen ihres Herzens und sogar ihrer Sinne überlassen, ohne dass irgendjemand auf der Welt ihr Vorhaltungen machte, konnte sich ihrer Schönheit, ihres Vermögens und ihrer Intelligenz in aller Freiheit erfreuen und musste niemandem darüber Rechenschaft ablegen.

Ferdinand jedoch besaß keinerlei Vermögen, seine Talente durften bezweifelt werden, und so charmanten Geistes und bemerkenswerter Manieren er auch war, seine körperlichen Vorzüge waren, wie man gesehen hat, nicht groß genug, um eine gewisse Abneigung, die Maria ihm entgegenbrachte, überwinden zu können. Aber kaum waren die magischen Worte ‹Werden Sie meine Frau› ausgesprochen, hatte der Zauber seine Wirkung getan. Und der Mann, der nicht einnehmend genug war, um ihr Liebhaber zu werden, wurde als hinreichend erachtet, einen Gatten abzugeben.

Es ist zwar richtig, dass ich, wie der Ritter Ubaldo[64], nur meinen Stab zu schwingen brauchte, um alle Sinnestäuschungen des Zauberwaldes zu vertreiben, und dass als Antwort auf die Worte ‹Ich glaube, dass Sie eine Torheit begehen› dem Munde Marias unwillkürlich der Ruf entfahren war: ‹Ich bin mir dessen gewiss!›

Doch richtig war auch, dass Maria, sei es, weil die Ehe sie faszinierte, sei es, weil sie sich schämte, nicht zu ihrem Wort zu stehen, sei es, weil es ihr widerstrebte, einen Rückzieher zu machen, entschlossen war, nicht mehr Maria D… zu sein, das heißt, eine Künstlerin ohnegleichen, sondern Madame La Baronne Ferdinand de S… werden wollte, wozu alle Welt imstande ist.

Dass es sich so verhielt, war nur allzu deutlich, bestand sie doch auf der Abreise am folgenden Tag.

Ich kehrte nach Hause zurück und sann dabei über die einzigartige Rolle nach, die mir der Zufall, der mich nach Neapel geführt hatte, im Leben unserer beiden

Verliebten zudachte. Ich sage unserer beiden Verliebten, denn Ferdinand schien mir allein genug Liebe für beide zu haben.

Warum hatte der Zufall mich und nicht jemand anderen erwählt? Ich gestehe, dass mir der Gedanke kam, der Gott, den man mit verbundenen Augen darstellt, habe in dem Moment, als ich vorüberkam, seine Augenbinde ein ganz klein wenig gelüpft und mich nicht ohne eine verborgene Absicht ausersehen.

Doch ich gestehe auch, dass diese Absicht so gut verborgen war, dass ich nicht einmal das kleinste Fitzelchen davon wahrzunehmen vermochte.

Meine Position dabei erschien mir einen Augenblick lang derart lächerlich, dass ich bereit war, die *speronara* meinen beiden Pilgern zu überlassen und mit einem *corricolo*[65] zu fahren.

Wenn ich jetzt nachsinne, welche Empfindung mich damals davon abhielt, will es mir scheinen, dass es dieselbe war, die den guten Mercier am Leben erhielt: die Neugier.[66]

Sei es aus Neugier, sei es aufgrund einer völlig anderen Empfindung, ich schlief schlecht. Das war aber nur von Vorteil, denn wir sollten ja bei Tagesanbruch abreisen; doch wenn bei einer Reise eine Frau mitfährt, selbst wenn sie nicht sonderlich kokett ist, dann bricht man niemals pünktlich auf; und so begaben wir uns also erst um acht Uhr nach Santa Lucia hinunter, wo wir an Bord gehen sollten.

Der Kapitän des kleinen Schiffes begleitete uns.

Kaum hatten wir hundert Schritte getan, als wir einem Priester begegneten; der Priester kreuzte unseren Weg, und zwar von rechts nach links: zwei schlechte Vorzeichen.

Der Kapitän schüttelte den Kopf.

‹Was bedrückt Sie denn, Kapitän?›, fragte ich.

‹Mich bedrückt›, sagte der Kapitän, abergläubisch wie ein echter Sizilianer, der er war, ‹dass, also, wenn Sie mich fragen …›

Er hielt inne, als schäme er sich dessen, was er sagen wollte.

‹Nun denn, wenn wir Sie fragen würden, Kapitän, was täten wir?›

‹Dann würden Sie die Abreise auf einen anderen Tag verschieben.›

‹Und warum?›

‹Haben Sie denn nicht gesehen?›

‹Gewiss doch: Ein Priester ist vorbeigegangen.›

‹Na und?›

Ich wandte mich zu Ferdinand um. ‹Na und?›, wiederholte ich.

‹Pah!›, sagte der Baron lachend, ‹ein Priester macht mir keine Angst. Wir wollten ja ohnehin in Kürze einen aufsuchen.›

‹Es ist nichts Schlimmes, Priestern zu begegnen, die man ohnehin aufsuchen will›, sagte der Kapitän; ‹aber mit solchen, die man nicht sucht, ist das was anderes.›

‹Und Sie glauben, dass dieser Priester uns Unglück bringen wird?›

‹Entweder Ihnen oder Ihren Plänen.›

‹Was mich angeht›, sagte ich, ‹so habe ich keinerlei Pläne, was schon allein daraus ersichtlich ist, dass ich nach Amalfi oder nach Sorrent zu fahren glaubte und nun auf einmal nach Palermo fahre. Folglich›, so setzte ich lachend hinzu und drehte mich zu Maria und Ferdinand um, ‹richtet sich die Warnung an die, die tatsächlich Pläne haben …›

Ferdinand begann, das Lied aus ‹La Muette›[67] zu singen:

Der Himmel ist herrlich, das Meer ist schön.

Das war auch eine Antwort, und sie war besser als manch andere. Wir setzten also unseren Weg zum Hafen fort.

Dort schaukelte unsere kleine *speronara* anmutig vor sich hin. Die Mannschaft – sie bestand aus zehn Matrosen und einem Schiffsjungen, dem Sohn des Kapitäns – erwartete uns in Festtagskleidung. Zwei von ihnen standen am einen, zwei am anderen Ende der Planke, die an Bord des Schiffes führte, und bildeten mit einem Ruder auf jeder der beiden Seiten ein Geländer für uns.

Maria ging als Erste hinüber. Ich bemerkte, dass sie sehr blass war und dass die Hand, mit der sie sich auf das improvisierte Geländer stützte, stark zitterte.

Ferdinand folgte ihr, unbeschwert und fröhlich wie ein kleiner Vogel.

Ich ging als Letzter, während ich noch über die Voraussage des Kapitäns nachsann und mich fragte, welches

Vorhaben wohl durch die unselige Begegnung mit dem Priester scheitern sollte; und da ich in meinem Inneren nicht ein einziges Vorhaben ausmachte, dessen Scheitern mir auch nur einen Seufzer hätte abringen können, kam ich zu der Überzeugung, dass die Vorhersage nichts mit mir zu tun hatte.

Die Planke wurde eingezogen, der Anker gelichtet.

Unsere Matrosen legten sich mit einem ungemein sanften und süßen Gesang in die Riemen, und wir begannen, zwischen dem Azur des Himmels und dem Azur des Meers dahinzugleiten.

Es herrschte eine sanfte Brise, in jeder Beziehung günstig und gerade richtig, um Neapel langsam und majestätisch dahinschwinden zu sehen. Capri, in morgendliches Sonnenlicht getaucht, glich einer schimmernden Wolke, während zu unserer Linken die ganze Küste von Castellammare ihre liebliche azurblaue Silhouette darbot.

Es war elf Uhr morgens.

‹Schön›, rief Ferdinand auf einmal, ‹und das Mittagessen?›

‹Wie›, fragte Maria, ‹Sie haben nicht an Verpflegung gedacht?›

‹Ich? Ganz und gar nicht; der Kapitän hat doch nicht etwa zufällig den Proviant vergessen?›

‹Oje! So ein Verrückter!›, rief Maria.

‹Oder eben ein Verliebter, Madame›, sagte ich. ‹Gottlob habe ich mehr Voraussicht besessen als Ferdinand.›

‹Was beweist›, sagte Maria und lachte, ‹dass Sie weder verrückt sind noch verliebt.›

‹Zum Glück, und zwar nicht nur für mich, sondern für alle›, sagte ich und verneigte mich, ‹denn wenn ich im selben Maße wie unser Freund Ferdinand von der einen oder der anderen dieser Krankheiten befallen gewesen wäre, liefen wir keine geringere Gefahr als die, hungers zu sterben.›

‹Pah!›, rief Ferdinand, ‹von Liebe lässt sich's leben.›

‹Ja›, gab ich zurück, ‹doch wer zusehen muss, wie die Verliebten Ambrosia essen und Nektar trinken … Ach, übrigens, lieber Freund›, fuhr ich fort und winkte einem der Matrosen, der an Bord die Aufgaben des Kochs wahrnahm und der auf meine Aufforderung hin einen riesigen Korb herbeitrug, ‹es steht Ihnen natürlich frei, nur von Liebe zu leben und die Rolle des Zuschauers zu übernehmen; da Madame aber zugegeben hat, dass sie mit einem Stückchen ihres Magens durchaus noch an der Erde hängt, eile ich, ihr eine Scheibe von dieser Pastete anzubieten, oder diesen Putenflügel. – Bring den zweiten Korb, Pietro. Dieser zweite Korb, mein Freund, ist für einen Verliebten etwas noch Verachtenswerteres als Pute oder Pastete: Es ist Bordeauxwein, ein recht mediokrer Larose; deshalb, lieber Freund, würde ich an Ihrer Stelle nicht einmal die Lippen damit netzen.›

‹Pah!›, sagte Ferdinand, ‹wenn Sie essen, esse ich auch.›

‹Ja, nur uns zu Gefallen. Gestehen Sie doch, dass Sie Hunger hatten.›

‹Nein, Ehrenwort, Sie haben mich erst darauf gebracht.›

Maria knabberte mit spitzem Mund an einer Kruste der Pastete und an ihrem Putenflügel; sie netzte ihre Lippen an einem Glas Bordeaux, besaß sie doch jene höchste Fertigkeit gewisser Frauen, ähnlich viel zu essen wie Männer und dabei den Eindruck zu erwecken, sie äße so gut wie nichts.

Ferdinand aß nicht, er fraß.

Man sieht, der Beginn der Reise stand keineswegs unter so widrigen Auspizien, wie der Kapitän sie angedeutet hatte. Es wehte günstiger Wind, wir machten zwei Meilen die Stunde, und es war anzunehmen, dass der Wind, je weiter wir aufs hohe Meer hinausgelangten, auffrischte und wir desto schneller vorankämen.

Doch entgegen dieser Voraussage – die vom Kapitän selbst stammte – ließ der Wind gegen Abend unerwartet nach, und das kleine Schiff verlor sichtlich an Fahrt.

Wir begannen mit den Vorbereitungen für die Nacht.

Die *speronara* war am Heck mit einer Art Zelt ausgestattet, das aus großen Rundbögen bestand, die sich von einer Bordwand zur anderen spannten und mit Wachstuch bedeckt waren; in dieses Zelt hatte ich, als ich noch allein zu reisen glaubte, eine Maroquinmatratze bringen lassen – in heißen Ländern die beste aller Matratzen, denn sie bleibt immer kühl.

Doch als ich überschlagen hatte, dass die Reise nun aller Wahrscheinlichkeit nach vier oder fünf Tage und ebenso viele Nächte dauern würde, hatte ich der Ausstattung zwei Matratzen hinzufügen lassen.

Derweil waren wir bei einem Gespräch, in dem ich mich bei Ferdinand mit größtmöglicher Diskretion über den Grad der Intimität kundig gemacht hatte, in der er sich mit Maria befand – einem Gespräch, dessen Ergebnis der gefeierten Künstlerin voll und ganz zur Ehre gereichte –, übereingekommen, dass allabendlich zwei der drei Matratzen aus dem Zelt geholt würden und dass Ferdinand und ich an Deck schliefen, die Kabine dagegen gänzlich im Besitz Marias bleiben sollte.

Vorhänge, die auf einer Stange zuzuziehen waren, bildeten die einzige Absperrung dieses Heiligtums, das durch unsere gegenseitige Achtung besser bewacht wurde als Derbent[68] durch seine Eisentore.

Unserer Verabredung gemäß zogen wir, als die Nacht hereingebrochen war, unsere beiden Betten an Deck; doch war diese Nacht so schön, war der Himmel mit so vielen Sternen übersät, die sich im Meer spiegelten, dass es, wie die Neapolitaner sagen, eine Sünde gewesen wäre, die Augen zu schließen.

Wir nahmen also an Deck Platz und öffneten die Augen ganz weit.

Einer der Matrosen hatte eine Art Gitarre mit drei Saiten. Maria nahm sie zur Hand und begann zu singen.

Innerhalb von fünf Minuten bildeten der Kapitän und die Matrosen einen Kreis um uns. Nach weiteren zehn Minuten hatten sie sich zu einem Chor zusammengetan und wiederholten mit der bewundernswerten musikalischen Begabung der Völker des Südens die Refrains der Lieder oder Weisen, die Maria sang.

Unvermittelt, ohne Ankündigung und ohne Übergang, setzte Maria zu einem ihrer wildesten Saltarelli[69] an, wobei sie zugleich sang und das Instrument spielte.

Ein Aufschrei ging durch die ganze Mannschaft. Einige Minuten lang ließ der Respekt unsere Männer noch Zurückhaltung wahren, und sie begnügten sich damit, von einem Fuß auf den anderen zu treten; dann ging dieses Wiegen in Stampfen über und das Stampfen in einen Tanz.

Eine Viertelstunde später vergnügten sich alle beim Tanz, ein umso umfassenderes Vergnügen, als die Tänze des Südens von einem großen unbekannten Ballettmeister in der Voraussicht angelegt wurden, dass wahrscheinlich eine Zeit kommen würde, in der es an Frauen fehlte.

Frauen sind also bei den Tänzen des Südens kein unabdingbares Element.

Die ganze Zeit über fuhr das Schiff, einen Rest der Brise nutzend, von alleine weiter, seinem eigenen Willen folgend, wie ein vernunftbegabtes Wesen.

Bis ein Uhr morgens wurde getanzt und gesungen.

Schließlich zog sich Maria in ihre Kabine zurück; Ferdinand und ich legten uns an Deck schlafen; die Matrosen stiegen durch die Luken hinab, und der Steuermann blieb allein am Ruder zurück.

Der Wind ließ immer mehr nach, wie ein Spiegel lag das Meer ruhig da, das Schaukeln des Schiffs war kaum zu spüren.

Man hätte meinen können, es schwebe in der Luft.»

VIII

«Wir erwachten mit dem ersten Sonnenstrahl.

Das Schiff hatte die Nacht über nicht einmal eine Meile zurückgelegt. Wir waren in Sichtweite von Capri eingeschlafen. Es herrschte herrliches Wetter; der Himmel war eine Pracht; nur unsere Verliebten, wenn sie es denn eilig hatten, konnten sich über so ein Wetter beklagen.

Maria streckte ihren blonden Schopf durch die Vorhänge der Kabine.

‹Wie sieht's aus?›, fragte sie.

‹Wie es aussieht, teure Freundin›, sagte ich, ‹haben wir acht solcher Tage vor uns.›

‹Haben wir Proviant für acht Tage?›

‹Aber ja, wenn wir angeln, können wir eine Woche Flaute überstehen.›

‹Na gut, dann also eine Woche Flaute.›

Damit zog sie den Kopf in die Kabine zurück, und die Vorhänge schlossen sich hinter der blonden Erscheinung.

‹Und ich?›, rief Ferdinand. ‹Was ist mit mir?›

‹Aber ja doch›, antwortete die Stimme aus dem Inneren der Kabine, ‹ich herze Sie tausendfach.›

‹Hm!›, ließ Ferdinand sich vernehmen, ‹tausendfach geherzt, das ist recht wenig.›

Ich begab mich zum Kapitän.

‹Was meinen Sie›, fragte ich, ‹wie lange wird dieses Wetter anhalten?›

‹Keine Ahnung, fragen Sie doch den ‚Propheten'. Aber wie Sie wissen, sind wir ja, als wir an Bord gingen, einem Priester begegnet, und ich wäre reichlich erstaunt, wenn unsere Fahrt ohne Verdruss verlaufen würde.›

Der ‹Prophet›, das war der Steuermann, ein alter Seebär namens Nunzio, der mit zehn Jahren an Bord genommen worden war und seit vierzig Jahren am Ruder stand.

Ich ging zu ihm hinüber.

‹Bleibt das schöne Wetter, Prophet?›, fragte ich.

Er blickte nach Westen.

‹Muss man sehen›, sagte er.

‹Wie, muss man sehen?›

‹Ja.›

‹Was?›

‹Ob das andauert.›

‹Wenn's sich ändert und ein bisschen Wind aufkommt, schadet's ja nicht.›

‹Ja, aber wenn's sich ändert und viel Wind aufkommt …›

‹Was nennen Sie viel?›

‹Viel heißt zu viel.›

‹Aha! Sie befürchten einen Sturm?›

‹Nein, aber ein Wetter; nur sagen Sie der Dame nichts davon.›

‹Warum denn nicht?›

‹Dann singt sie vielleicht nicht mehr.›

‹Ach, alter Prophet, man sieht wohl, dass wir im Lande der Sirenen sind.›

‹Na, gestern hat sie doch alle möglichen Weisen aus unserem Land gesungen, und Sie können sich nicht vorstellen, welche Freude es macht, ein Lied aus seinem Land zu hören, wenn man immer zwischen Himmel und Wasser unterwegs ist.›

‹Nun, keine Sorge, sie wird singen.›

‹Machen Sie, dass sie möglichst nah beim Ruder singt.›

‹Ich werde ihr deinen Wunsch ausrichten, und da dein Wunsch ein Kompliment ist, wird sie ihn erfüllen.›

In diesem Augenblick spürte ich etwas wie einen leichten Ruck. Wir hatten nur noch zwei Vorsegel, die Fock und ein ähnliches zweites Segel, und ich dachte, es würde wieder Wind aufkommen.

‹Nein›, sagte Nunzio, der meinen Irrtum bemerkte, ‹das sind die Kameraden, die versuchen wollen zu rudern.›

Tatsächlich hatten sechs unserer Matrosen aus dem Laderaum sechs lange Ruder gezogen, und sie begannen, sich in die Riemen zu legen.

Die Ruder wurden wie bei gewöhnlichen Schiffen von Dollen gehalten, nur ruderten die Männer im Stehen, damit das Ende ihrer Ruder bis zum Wasser hinabreichte und dort eintauchen konnte.

Es war harte Arbeit, doch sie versüßten sie sich bald mit einem Lied von berückender Melancholie, das mit den Worten begann:

Sparano la vela.[70]

Am Ende der ersten Strophe war Maria aus der Kabine gekommen und hatte lauschend innegehalten, während Ferdinand, sein Reisetagebuch in der Hand, die vollendet schlichte Melodie aufzeichnete.

Bei der zweiten Strophe trat Maria an mich heran.

‹Schreiben Sie mir doch ein paar Verse dazu›, sagte sie.

‹Einverstanden!›, sagte ich, ‹Sie werden das ja nicht in einem Konzert singen?›

‹Nein; aber ich werde es für mich singen; es wird eine schöne Erinnerung sein.›

‹Geben Sie zu, dass ich recht gutmütig bin, wenn ich Ihnen dabei helfe, eine Erinnerung an Ihre hochzeitliche Pilgerfahrt zu Santa Rosalia zu bewahren!›

‹Sie schlagen es mir ab?›

‹Mein Gott – nein!›

‹Wahrhaftig, ich schwöre Ihnen, Sie täten unrecht; denn meine Absicht ist, diese Erinnerung ganz von der Gegenwart loszulösen und sie mit einer anderen schönen Erinnerung aus der Vergangenheit zu verbinden.›

‹Madame la Baronne, Madame la Baronne …!›

‹Das bin ich noch nicht.›

‹Nicht doch ein klein wenig?›

‹Nicht im Geringsten.›

Ich verneigte mich.

‹In einer Viertelstunde haben Sie Ihren Text.›

Ich ließ mich Ferdinand gegenüber nieder, und während er backbord seine Musik notierte, schmiedete ich steuerbord meine Reime.

Nach einer Viertelstunde hatte Maria ihren Text.

‹Warten Sie›, sagte ich, ‹mir fällt da noch etwas Besseres ein.›

‹Was denn?›

‹Sie singen das Originallied nach.›

‹Und dann?›

‹Werde ich einen Refrain schreiben, der im Chor wiederholt wird.›

‹Und dann?›

‹Wird Ferdinand sogleich die Musik dazu schreiben.›

‹Und dann?›

‹Das ist dann schon alles; Sie werden die Soli singen, und all unsere Matrosen werden im Chor den Refrain aufnehmen.›

‹Sieh an, das ist ein guter Einfall!›

‹Dergleichen unterläuft mir zuweilen, wie eben auch das, was ich Ihnen gestern mitgeteilt habe.›

‹Wo denn?›

‹Am Meeresufer.›

‹Und was war es?›

‹Dass Sie eine Torheit begehen, wenn Sie heiraten.›

‹Sprechen wir nicht mehr davon. Wir würden nur eine weitere begehen.›

‹Richtig, doch die wäre wenigstens nicht irreparabel.›

‹Warum nicht?›

‹Weil weder Sie noch ich nicht einfältig genug wären, einander zu heiraten.›

‹Sie sind ein unmoralischer Mann, nichts weiter! Lassen Sie mich.›

‹Gehen Sie lieber Ihren Text aufschreiben und die Melodie einstudieren.›

‹Ha, die Melodie kann ich längst.›

Und sie begann, die Weise zu singen.

‹Sehen Sie›, sagte ich, ‹das klingt doch schon recht ordentlich.›

‹Lassen Sie mich in Frieden und dichten Sie lieber Ihren Refrain.›

Ich schrieb also einen Refrain mit zwei italienischen Versen, die zu dem Lied passten.

Dann übergab ich diese beiden Verse dem Kapitän, damit er sie in sizilianische Mundart übertrug.

Dazu brauchte es nicht lang. In Sizilien, ebenso wie in Kalabrien, ist jedermann Dichter und Musiker.

Nachdem meine beiden Zeilen nun in Mundart waren, übergab ich sie Ferdinand, der im Handumdrehen die Noten dazu geschrieben hatte.

‹Jetzt aufgepasst!›, sagte ich zu unseren Ruderern.

Ferdinand erhob sich und übte mit ihnen den Refrain ein.

Nun gesellte sich Maria zu ihnen, und auf dem Deck stehend, den Blick zum Himmel gerichtet, begann sie das melodische Klagelied.

Als die erste Strophe beendet war, sangen die Matrosen in wunderbarem Einklang den Refrain.

Dann setzte Maria wieder ein.

Es wird mir nicht möglich sein, den Zauber dieser Szene wiederzugeben. Der Steuermann lag auf dem Dach der Kabine und hatte ganz und gar aufgehört, sich um sein Ruder zu kümmern; die Matrosen hatten ein jeder sein Ruder unter ein Bein geklemmt und hielten es in der Kniekehle, um die Hände für den Beifall frei zu haben; und wir, wir sahen Maria an – Ferdinand mit unsagbarer Liebe, ich voll echter Bewunderung.

Einzig Pietro, der mit einem Teller in jeder Hand und einem Brot unter dem Arm aus einer Luke geklettert kam, vermochte uns aus unserer Versunkenheit zu reißen.

Die Matrosen beeilten sich, uns ein Segel aufzuspannen, und im Schatten dieses Tuchs ließen wir uns zum Essen nieder.

Nach der Mahlzeit ließ ich Ferdinand mit Maria plaudern und ging zum Steuermann hinüber. ‹Nun, dieser sagenumwobene Wind›, sagte ich, ‹scheint es ja nicht eilig zu haben!›

‹Haben Sie gut zu Mittag gegessen?›, fragte mich der Steuermann.

‹Sehr gut.›

‹Wenn ich Ihnen einen Rat geben darf: Essen Sie noch besser zu Abend.›

‹Warum denn?›

‹Weil Sie morgen wohl weder zu Mittag noch zu Abend essen werden.›

‹Bah! Sie machen Witze.›

‹Die Kameraden haben Ihnen bestimmt gesagt, dass ich niemals Witze mache.›

‹Und was spricht der Prophet?›

‹Ich sage, dass wir Glück haben, wenn es heute Nacht keine Fischsuppe gibt.›

‹Aber warum versuchen wir dann nicht mit Ruderkraft irgendeine kleine Bucht an der Küste Kalabriens zu erreichen?›

Nunzio warf einen Blick zur Küste von Paestum hinüber, die zu unserer Linken aufschien wie ein azurblauer Strich über sanften Wellen.

Dann sagte er kopfschüttelnd: ‹Die Zeit würde niemals reichen. Dafür bräuchten wir zehn oder zwölf Stunden.›

‹Und das Unwetter bräuchte nur … wie viel?›

‹Nur sieben oder acht.›

Ich zog meine Uhr hervor.

‹Dann›, sagte ich, ‹rechnen wir also um neun Uhr damit?›

‹Ja, um die Zeit etwa›, sagte Nunzio, ‹eine oder anderthalb Stunden nach dem ‚Ave-Maria' … Aber behalten Sie es für sich; es nutzt nichts, die gnädige Frau im Voraus zu ängstigen.›

‹Alter Prophet›, sagte ich lachend, ‹du hast wohl eine Schwäche für sie.›

‹Wie bitte?›, antwortete er.

‹Ich wollte damit sagen, dass du in unsere schöne Passagierin verliebt bist!›

‹Ja, aber so, wie ich in die Madonna verliebt bin.›

Und er entbot einen Gruß wie jemand, der an einem Heiligenbild vorüberkommt.

Ich gesellte mich wieder zu meinen Begleitern. Der Tag verging mit Gitarrenspiel und Gesang. Ich trug Verse von Victor Hugo, Lamartine und Auguste Barbier[71] vor, und ich hörte, wie meine Matrosen, die mich nicht verstanden und glaubten, dass ich nicht aus dem Gedächtnis zitierte, sondern die Worte erfände, mich *‹improvvisatore›* nannten.

Das trug mir große Hochachtung ihrerseits ein. In Neapel ist der Improvisator ein Halbgott; in Sizilien ist er schlechthin ein Gott.

Im Laufe des Nachmittags verblasste das ungemein tiefe und klare Azurblau des Himmels mehr und mehr; das Firmament nahm eine milchige und kränkliche Färbung an; die Sonne ging in Wolken unter, die den Dünsten der Pontinischen Sümpfe ähnelten.

Die Stunde des ‹Ave-Maria› war gekommen. Der Steuermann nahm den Sohn des Kapitäns in seine Arme und hob ihn auf das Dach der Kabine, wo der Junge niederkniete und für ihn und für uns jenes Abendgebet sprach, das in Italien so feierlich begangen wird, und auf See noch feierlicher als irgendwo sonst.

Noch während der Junge sein Gebet sprach, stieg, von einem Wind aus Südosten getrieben, eine große schwarze Wolke auf.

Es war die ‹Fischsuppe›, die Nunzio uns verheißen hatte. Kaum war das Gebet zu Ende, stieß er mich mit dem Ellbogen an, legte dabei aber einen Finger auf die Lippen.

‹Ich sehe sie verdammt gut!›, gab ich zur Antwort.

Von Zeit zu Zeit wandten auch die Matrosen und sogar der Kapitän den Blick in Richtung der Wolke, die sich schnell näherte und einem ungeheuren Adler ähnlich einen ihrer Flügel gen Norden, den anderen gen Süden entfaltete.

Der Mond schimmerte oder schien vielmehr blass aus einem fahlen Dunst hervor, der jedoch schon bald von der Wolke verdeckt wurde, die rasch näher kam.

Von Zeit zu Zeit rissen die dunklen Flanken auf, und ein Blitz durchzuckte einer Feuerschlange gleich die tiefe Finsternis. Der Donner war noch nicht zu hören, doch ahnte man sein Nahen.

Ohne dass noch ein einziger Windhauch die Luft bewegte, wurde das Meer unruhig, als versetze ein unterirdisches Feuer, das sich hier zwischen Vesuv und Ätna überkreuzte, es in Wallung.

Alsbald sahen wir am Horizont aus Richtung der Wolke und anscheinend mit der gleichen Geschwindigkeit wie sie einen Gischtstreifen näher kommen, während sich hier und da auf der Oberfläche der Fluten eine Art Kräuselung abzeichnete, die bei den Seeleuten dort Katzenpfoten heißt.

Schließlich fuhr eine glühend heiße Brise durch unser Tauwerk und zerrte an dem einzigen Segel, das noch zusammen mit der Fock am Schiff verblieben war.

‹Doppelt reffen!›, rief der Steuermann der Mannschaft zu.

Zugleich kam der Kapitän auf uns zu und sagte, insbesondere an Maria gewandt: ‹Signora, und Sie, Signori, ich möchte Ihnen keine Ratschläge erteilen; doch meiner Meinung nach täten Sie gut daran, sich in die Kabine zu begeben.›

‹Besteht denn Gefahr?›, fragte Maria einigermaßen ruhig.

‹Nein, aber es wird eine *burrasca*[72] geben, das heißt Regen und Wind, und Sie sollten nicht an Deck bleiben, weil Sie in wenigen Augenblicken bis auf die Knochen durchnässt wären und außerdem beim Manövrieren stören würden.›

Ich kannte diese Art von Empfehlungen, und so wandte ich mich an Maria und sagte: ‹Haben Sie das gehört, Madame? Würden Sie uns vielleicht für diese Nacht Ihre Gastfreundschaft gewähren?›

‹Daran zweifeln Sie doch wohl nicht›, sagte sie, ‹so hoffe ich wenigstens.›

In diesem Augenblick fuhr ein so heftiger Windstoß durch die *speronara*, dass sich das Schiff auf die Seite legte und die Rah mit einem Ende ins Wasser tauchte.

Zugleich durchzuckte ein Blitz den Himmel, und solange er währte, war es hell wie am lichten Tag.

‹Wir sollten wirklich hineingehen›, sagte ich zu Maria. ‹Der Kapitän hat recht, wir würden beim Manövrieren stören.›

Im selben Augenblick war die Stimme Nunzios zu vernehmen.

‹*Tutto a basso!*›,[73] schrie er.

Die Matrosen stürzten zum Segel, an dem die Rah sich wie ein Schilfrohr bog.

Ich bedeutete Maria, sich in die Kabine zu begeben. Dann schob ich Ferdinand hinterher und folgte als Letzter.

Kaum hatten sich die Vorhänge hinter mir geschlossen, als ein furchtbarer Donnerschlag ertönte und ein derartiger Stoß das Schiff erschütterte, dass Maria mit einem Schrei auf ihre Matratze fiel, während Ferdinand und ich nur auf den Beinen blieben, weil wir uns aneinanderklammerten.»

IX

«Es war die erste Vorwarnung der *burrasca*. Wie eine großzügige Gegnerin, die ihrem Gegenüber Zeit lassen will, Kräfte zu sammeln, schien sie uns einige Minuten Aufschub zu gewähren.

Es herrschte wieder Dunkelheit, Stille, ich würde fast sagen, Reglosigkeit.

Ferdinand und ich nutzten den Waffenstillstand, um uns auf die Matratze zu setzen, die Marias Ruhestätte gegenüberlag.

Eine von oben herabhängende Lampe leuchtete uns mit ihrem flackernden Schein.

Maria blickte abwechselnd von einem zum anderen und schien sich zu fragen, welchen von uns beiden sie im Augenblick der Gefahr um Hilfe bitten würde.

Ferdinand war klein, dünn und blass; aufgrund seiner zierlichen und nervösen Konstitution war auf ihn im Fall einer Katastrophe wohl nur wenig Verlass; ganz im Gegensatz dazu hatte ich, von hohem Wuchs, kräftigem Körperbau und durch keinerlei Unwohlsein beeinträchtigt, jene Ausstrahlung von Ruhe und Kraft, die, zu Unrecht oder zu Recht, Vertrauen erweckt und das Herz erquickt.

Marias Blick blieb schließlich an mir hängen; dieser Blick sagte mir deutlich: ‹Sie wissen, dass Sie derjenige sind, auf den ich zähle!›

Zugegeben, es erfüllte mich mit großem Stolz, dass sie mir den Vorzug gab, was überdies bei Ferdinand keinerlei Eifersucht zu erwecken schien.

Ferdinand hatte allerdings auch anderes zu tun, als eifersüchtig zu sein! Er war seekrank.

Ich verstand sehr wohl, dass seine Reglosigkeit und seine Blässe nicht von Angst herrührten; ich habe in meiner Umgebung schon so oft erlebt, wie sich die Symptome dieses schrecklichen Unwohlseins entwickeln, das sich seiner allmählich bemächtigte, und ließ mich keinen Augenblick lang täuschen.

‹Geht es Ihnen nicht gut?›, fragte ich ihn.

Er nickte bestätigend.

In solch einer Situation geht alles über unsere Kräfte, und auch nur eine einzige Silbe hervorzubringen erfordert größte Mühen.

‹Was für ein Wetter auch immer herrscht›, sagte ich zu ihm, ‹wenn Sie die Seekrankheit haben, sind Sie draußen besser aufgehoben als hier.›

‹Allerdings›, sagte er, ‹denn der Geruch dieser Lampe verursacht mir Übelkeit.›

Es ist unglaublich, wie scharf der Geruchssinn unter solchen Umständen wird; man könnte meinen, er nehme auf Kosten der übrigen vier Sinne zu. Jenen Geruch, von dem der Baron sagte, er sei ihm unerträglich – ich nahm ihn nicht einmal wahr.

Ferdinand hatte all seine Kräfte zusammengenommen, um den Satz herauszubringen, den er soeben gesagt hatte. Er fasste mich am Arm. Ich schwang mich auf und zog ihn mit empor. Ehe wir aus der Kabine gelangten, wären wir zwei- oder dreimal beinahe zusammen hingefallen – so stark war die Schlingerbewegung unseres Schiffs. Schließlich klammerte ich mich an den Vorhang, und es gelang mir, zu einem Tau zu stolpern und mich daran festzuhalten.

Der Kapitän, der sah, mit welch unsicheren Schritten wir herauskamen, verstand, dass etwas Unerwartetes vor sich ging, und kam herbeigeeilt.

Ferdinand packte ihn am Hals.

Wenn jemand ertrinkt, heißt es, er würde sich sogar an ein rot glühendes Eisen klammern. Wenn jemand die Seekrankheit hat, ist er noch zäher.

‹Ach, Kapitän!›, stieß Ferdinand hervor und ließ mich los, um sich an den Kommandanten der *speronara* zu krallen. ‹Bringen Sie mich um Gottes willen ans andere Ende des Schiffs.›

Es war unverkennbar, dass er meinte, er könne – nicht nur in seinem augenblicklichen Zustand, sondern erst recht in jenem noch schlimmeren, den er vorausahnte – gar nicht weit genug von Maria entfernt sein.

Sein Wunsch wurde ihm erfüllt. So festen Schritts wie bei derlei Unwetter eben möglich brachte der Kapitän

Ferdinand fort, der sich nicht nur auf die Schulter des Kapitäns stützte, sondern nach allem griff, was sich ihm auf dem Weg bot, sei es Mann, Spiere oder Reep, und schließlich sah ich ihn in der Dunkelheit verschwinden.

Soweit ich das aufgrund meiner langen Erfahrung einschätzen konnte, durfte ich annehmen, dass die Angelegenheiten, die Ferdinand am Bug der *speronara* zu erledigen hatte, ihn für mindestens zwei oder drei Stunden in Anspruch nehmen würden.

Ich konnte Maria nicht allein lassen. Da der Sturm mit jedem Augenblick an Heftigkeit zunahm, brauchte sie womöglich meine Hilfe – nicht nur die Pest ist ansteckend.

Ich kehrte in die Kabine zurück; Maria war keineswegs gelassen, doch spürte sie nicht das geringste Anzeichen von Unpässlichkeit; es war ihre fünfte oder sechste Reise auf dem Meer, sie war demnach einigermaßen abgehärtet.

Sie freute sich, mich wiederzusehen, was sie auch gar nicht zu verbergen suchte…

‹Oh!›, sagte sie, ‹ich fürchtete, Sie würden nicht wiederkommen.›

‹Haben Sie denn rufen hören: ‚Mann über Bord!'?›

‹Nein, dabei war ich doch ganz Ohr.›

‹Dann konnten Sie sich doch völlig sicher sein, mich wiederzusehen.›

‹Sie hätten ja unpässlich sein können, wie Ferdinand.›

‹Und Sie waren drauf und dran, uns beide auszulachen, wie die tugendhafte Frau aus der Bibel.›[74]

‹Nein. Wissen Sie, was ich mir vorhin gesagt habe, als ich Sie beide nebeneinander betrachtet habe?›

‹Sagen Sie es noch einmal.›

‹Nun, ich habe mir gesagt, dass ich bei Gefahr mein Vertrauen in Sie setzen würde und nicht in ihn.›

Ich reichte ihr meine Hand, und ihre Finger umschlossen sie fest.

Bei diesem Händedruck ertönte ein furchtbarer Donnerschlag. Zweifellos befand sie, ich sei ein allzu guter Blitzableiter, denn sie stieß mich sanft zurück und sagte: ‹Da, legen Sie sich hin, auf die Matratze gegenüber der meinen; bei diesem Geschaukel können Sie nicht stehen bleiben.›

Tatsächlich brachten die seitlich auftreffenden Wellen das kleine Schiff so heftig zum Schlingern, dass ich schon zwei- oder dreimal beinahe gestürzt wäre.

Da ich wirklich das Gefühl hatte, dass Marias Ratschlag höchst vernünftig war und dass ich umso weniger Gefahr lief, gegen die heiligen Gesetze der Freundschaft zu verstoßen, je weiter ich mich von ihr fernhielt, ließ ich mich nicht allzu ungeschickt auf meine Matratze fallen.

Wir lagen einander gegenüber, und zwischen unseren beiden Matratzen war nicht mehr als ein Meter Abstand. Sie auf den rechten Ellbogen gestützt, ich auf meinen linken, schauten wir einander an und lächelten.

Die Lampe, deren Öl zu Ende ging, drohte jeden Augenblick zu erlöschen.

Der Sturm nahm weiter an Heftigkeit zu; man vernahm das Getrampel der Matrosen, das Knirschen des

Mastes und der Takelage, die kurzen und abgehackten Befehle Nunzios.

Von Zeit zu Zeit fragte Maria mit ihrer klaren und volltönenden Stimme: ‹*Non c'è pericolo, capitano?*›

Und aus der einen oder anderen Richtung kam die Antwort des Kapitäns: ‹*No, no, no; siete quieta, signora.*›[75]

Und ein noch gewaltigerer Windstoß, ein noch schwererer Brecher straften die Worte des Kapitäns Lügen und entlockten Maria einen kurzen Aufschrei.

Die Lampe begann zu flackern.

‹O mein Gott!›, sagte Maria, ‹die Lampe geht aus.›

‹Dann machen wir eben die Vorhänge auf›, sagte ich, ‹und die Blitze werden uns die Lampe ersetzen.›

‹Nein›, sagte sie, ‹da ist mir die Dunkelheit noch lieber als deren Licht.›

Das Schlingern des Schiffs, das Dröhnen des Donners, der ohne Unterlass rollte, die Rufe ‹*Burrasca!*›, ‹*Scirocco!*›, ‹*Mistrale!*›[76], die unablässig ertönten als Ankündigung der zu bekämpfenden Gefahren und zur Ermutigung der Matrosen, all das nahm immer weiter zu und klang immer bedrohlicher.

Maria wiederholte wie mechanisch den Satz: ‹*Non c'è pericolo, capitano?*›

Währenddessen verströmte unsere Lampe flackernd ihr letztes Licht.

Plötzlich wurden die Schreie ‹*Burrasca!*›, ‹*Burrasca!*› noch lauter. Der Donner barst los, als stürze er direkt auf das kleine Schiff hernieder. Eine ungeheure Welle traf es mit voller Wucht und schleuderte es empor.

Maria verlor das Gleichgewicht, das sie auf ihrer Matratze nur mit großer Anstrengung bewahrt hatte, und glitt über den Holzboden, der schräg stand wie ein Dach, in meine Arme.

Die Lampe erlosch.

‹*Questa volta, c'è pericolo*›,[77] sagte ich lachend zu ihr.

Die Gefahr war allerdings groß; doch war sie nun ganz anderer Art.

‹Ach!›, sagte Maria aufatmend, nachdem die Gefahr vorüber war, ‹wer hätte gedacht, dass Sie in einem solchen Moment derart ungerührt bleiben!›

… …

Der Sturm hielt die ganze Nacht über an. Glückseliger Sturm! Er ahnte wohl kaum, dass es unter all denen, die er in tödliche Gefahr gebracht hatte, jemanden gab, der ihm ewig dankbar sein würde.

Am Morgen beruhigte sich das Meer allmählich. Anstelle von Ferdinand stand nun ich am Bug des Schiffs, und ich betrachtete lächelnd diese Berge, die uns emporhoben, und diese Täler, die uns anscheinend verschlingen wollten. Ich atmete tief durch wie ein Mann, der jung war und stark und glücklich.

Ich spürte, wie ein Arm unter meinen Arm glitt und sich auf meinen stützte.

Ich wandte mich langsam um und sah das zarte Gesicht Marias von Wehmut erfüllt.

‹*Il pericolo è sparito*›,[78] sagte ich lachend.

‹Pst!›, machte sie, ‹wir müssen reden, und zwar ernsthaft.›

‹Wie, ernsthaft?›

‹Nun ja, ganz ernsthaft.›

‹Und Ferdinand?›

‹Der ist entkräftet von seiner Nacht und schläft, völlig durchnässt.›

‹So ist es eben, wenn man seekrank wird›, sagte ich.

‹Spotten Sie nicht, das schmerzt mich.›

‹Wirklich?›

‹Gewiss doch, der arme Kerl!›

‹Na gut, er ist zu beklagen!›

‹Sie wissen ja nicht, wie sehr er mich liebt.›

‹Und wenn schon, wer wird ihm denn je erzählen, was geschehen ist?›

‹Ich natürlich.›

‹Was? Sie?›

‹Ja, ich. Sie glauben doch nicht etwa, ich werde Ferdinand heiraten, nach dem, was zwischen uns geschehen ist?›

‹Teufel! So ernst ist es?›

‹Aber ja, so ernst ist es.›

‹Das war eben ein Missgeschick.›

‹Genau da liegt das Übel.›

‹Das müssen Sie mir erklären.›

‹Es war eben nicht einfach nur ein Missgeschick.›

‹Sieh mal an!›

‹Hören Sie, seit dem Augenblick, da ich Sie wiedergesehen habe …›

‹Nun?›

‹Nun, da spürte ich in meinem Herzen, dass ich eines Tages die Ihre sein werde.›

‹Wirklich?›

‹Ehrenwort! Es war nur noch ein Frage der Zeit und der Gelegenheit.›

‹Sodass Sie heute Nacht …›

‹… als Sie mir Ihre Hand reichten …›

‹… Sie die Ahnung ereilte, dass die Zeit gekommen war und die Gelegenheit zwingend.›

‹Wenn Sie spotten, werde ich Ihnen nicht nur alles Weitere vorenthalten, sondern rede mein Lebtag kein Wort mehr mit Ihnen.›

‹Gott bewahre, dass ich mich einer solchen Strafe aussetze! Sehen Sie, ich spotte nicht mehr, ich schaue Sie an.›

Ich weiß nicht genau, was in meinen Augen zu lesen war, doch ohne Zweifel spiegelten sie meine Gedanken wieder.

‹Sie lieben mich also ein wenig?›, fragte sie.

‹Ich bete Sie einfach an.›

‹Sagen Sie das noch einmal, es tröstet mich.›

‹Nun führen Sie doch zu Ende, was Sie mir sagen wollten. Sie sehen wohl, dass ich nicht mehr spotte.›

‹Na schön, ich wollte Ihnen sagen, dass ich mich heute Nacht nicht ganz so fest an meine Matratze geklammert habe, wie ich es hätte tun sollen, und dass bei dem Missgeschick, das mir widerfahren ist, das Schlingern etwas weniger beteiligt war, als Sie vielleicht glauben.›

‹Oh!›, sagte ich, ‹Sie sind allerdings ein so anbetungswürdiges Geschöpf, wie ich es in Paris vorausgeahnt hatte!›

‹Ja›, antwortete sie ernsthaft, ‹doch anbetungswürdig oder nicht, dieses Geschöpf ist eine ehrliche Frau. Zwischen Ferdinand und mir bestand die Übereinkunft, dass die Vergangenheit keine Rolle spielen würde; doch der Sturm diese Nacht, das ist Gegenwart. Ich habe also mein Wort nicht gehalten, und diese Hochzeit kann nicht mehr stattfinden.›

‹Geben Sie zu, dass es Ihnen nicht zuwider ist, einen Vorwand gefunden zu haben.›

‹Sagen Sie, wäre es Ihnen zuwider, mit mir einen Monat im schönsten Land der Welt zu verbringen?›

‹Nein, denn dieser Monat wäre vielleicht der glücklichste meines Lebens.›

‹Dann hören Sie, was Sie nach unserer Ankunft in Palermo tun werden.›

‹Zunächst einmal sage ich Ihnen, dass wir nach Messina fahren und nicht nach Palermo.›

‹Warum denn?›

‹Weil der Wind uns nach Messina treibt und nicht nach Palermo, und weil der Kapitän mir soeben gesagt hat, dass wir, wenn wir Kurs auf Messina nehmen, morgen Abend dort ankommen, während wir, wenn wir uns darauf versteifen, nach Palermo zu fahren, Gott weiß wann ankommen.›

‹Sei's drum! Dann fahren wir eben nach Messina. Ich werde den Rest der Strecke zu Lande zurücklegen. Hören Sie also, was Sie nach unserer Ankunft in Messina tun werden …›

‹Geben Sie Ihre Anweisungen, ich werde sie aufs Genaueste befolgen.›

‹Sie werden uns, also Ferdinand und mich, verlassen, um Ihre Reise fortzusetzen; sobald Sie fort sind, sage ich ihm alles.›

Ich zuckte zusammen.

‹Oh, keine Sorge!›, sagte sie. ‹Ich werde mit ihm ebenso offen sein, wie ich es mit Ihnen war. Er wird mit dem ersten Dampfschiff nach Neapel zurückkehren.›

‹Sie werden sich erweichen lassen …›

‹Nein, wenn ich im Unrecht bin, lasse ich mich nicht beirren.›

‹Und was wird aus mir?›

‹Wenn Sie es nicht eilig haben, mich wiederzusehen, machen Sie eine Rundreise durch Sizilien; wenn Sie es dagegen eilig haben, dann nehmen Sie in Girgenti oder in Selinunte Pferde oder Maultiere, durchqueren Sizilien und treffen mich in Palermo wieder.›

‹Dann nehme ich Pferde oder Maultiere und treffe Sie in Palermo wieder.›

‹Ganz sicher?›

‹O ja! Ich sage Ihnen doch, dass Sie sich darauf verlassen können.›

Sie streckte mir die Hand entgegen.

‹Ich verlasse mich darauf›, sagte sie, ‹bis dahin kein Wort, abgemacht? Keinerlei Äußerung, die zu irgendwelchen Mutmaßungen führen könnte über das, was vorgefallen ist. Es darf nicht so sein, dass jemand Verdacht schöpft, es muss so sein, dass ich gestehe.›

Das alles war von so zartfühlender Denkungsart, dass es nichts darauf zu erwidern gab.

Ich versprach, Marias Weisungen in allen Punkten zu befolgen.

Kaum hatten wir diesen Pakt geschlossen, als Ferdinand wieder erschien. Er sah aus, als käme er aus dem Jenseits.

Da sich Maria ihm gegenüber niemals sehr überschwänglich gezeigt hatte, brauchte sie an ihrem Verhalten nichts zu ändern.

Ich ließ die beiden allein. Ich gestehe, dass ich meinem armen Freund gegenüber sehr befangen war, obwohl nicht ich, sondern der Sturm die Schuld an allem trug.

Dieser aber, als habe er die Höhle des Äolus[79] nur verlassen, um das Missgeschick herbeizuführen, von dem ich erzählt habe, beruhigte sich rasch. Die Winde, herbeigeeilt aus allen vier Himmelsrichtungen, waren samt und sonders von einer günstigen Brise aus Nordwest abgelöst worden, die das Meer glättete und den Himmel leer fegte. Die Gestade Kalabriens wirkten wie ein azurfarbener Streifen, und gegen vier Uhr nachmittags fuhren wir so dicht an der Küste entlang, dass der Kapitän uns all die aus weißen Tupfen bestehenden Ansiedlungen, die sich am Ufer abzeichneten, mit Namen nennen konnte.

Am Abend, als der Sohn des Kapitäns das ‹Ave-Maria› sprach, war das Meer wieder glatt wie ein Spiegel, und nicht eine Wolke stand am Himmel.

Selbstredend waren Ferdinand und ich in dieser Nacht aus der Kabine verbannt und schliefen an Deck.

Nichts ist bezaubernder als ein Sommergewitter an der Küste von Neapel und Sizilien. Es gleicht dem Zank zwischen Liebhaber und Geliebter; die Natur brüllt, tobt, weint, dann wird Friede geschlossen, es kehrt wieder Ruhe ein, die Sonne lacht von Neuem am blauen Himmel, die Tränen trocknen, die schönen Tage sind zurück.

Wir segelten den ganzen Tag mit sieben bis acht Knoten dahin, sodass wir gegen vier Uhr nachmittags das Kap Palmieri ausmachen konnten; von dort aus gesehen, wo wir herkamen, schien es die Durchfahrt ganz und gar zu versperren; die Straße von Messina war nicht zu erkennen, und es hatte den Anschein, als führen wir direkt auf die Küste zu.

Zu unserer Linken lag gleißend das Dorf Scilla, einer Kaskade aus Häusern ähnelnd, die sich von der Steilküste hinunter ins Meer stürzen will.

Als wir näher kamen, sahen wir, wie das Meer sich einer Lanzenspitze gleich zwischen die Küsten Siziliens und Kalabriens schob.

Schließlich erblickten wir die eigentliche Meerenge.

Wir kamen an Charybdis[80] vorüber und warfen Anker im alten Hafen von Zanclea, der seinen Namen seinem sichelförmigen Becken zu verdanken hat.

Es war zu spät, um an Land zu gehen.

Unsere Matrosen, die froh waren, angekommen zu sein und ihre Rechnung mit dem Sturm beglichen zu haben, verbrachten den ganzen Abend mit Gesang und Tanz. Während sie so tanzten und sangen, fand Maria Gelegenheit, mir im Vorübergehen die Hand zu drücken und ganz leise zuzuflüstern: ‹Es bleibt dabei, Sie reisen morgen früh ab. Ferdinand nimmt das erste Dampfschiff, und wir sehen uns in Palermo wieder.›

Ich erwiderte ihren Händedruck und wiederholte: ‹Es bleibt dabei.›

Die Nacht verstrich, wunderschön, voller Sterne, kristallklar. Eine Brise, sanft wie eine Liebkosung, duftend wie Parfüm, schien die ganze Erde mit ihren Küssen bedecken zu wollen.

Ich schlief nur wenig; und war ich auch allzu weit von Maria entfernt, wurde mir meine Schlaflosigkeit durch das Gefühl versüßt, dass sie kaum besser schlief als ich.

In ihren Morgenmantel aus Musselin gehüllt, öffnete sie zwei- oder dreimal ihren Vorhang einen Spaltbreit, um den Himmel zu betrachten und im Osten nach dem ersten Glanz der Morgenröte zu spähen.

Einmal kam sie heraus, ging leicht wie ein Schatten über das Deck und kam so nah an meiner Matratze vorüber, dass ich den Saum ihres Morgenmantels hätte ergreifen und küssen können.

Ferdinand schlief tief und fest, er erholte sich von den Strapazen des Gewitters.

Zwei- oder dreimal hatte er im Laufe des Tages auf den Priester angespielt, dem wir begegnet waren, als wir zum Schiff gingen: ‹Dieser Teufel von einem Priester!

Ich bin nicht abergläubisch, doch zugegeben, der Kapitän hatte recht.›

Was würde er erst sagen, wenn er erfuhr, dass er die Reise vergeblich gemacht hatte?

Der Tag brach an; der Hafen erwachte zuerst, dann die Stadt; die kleinen Boote lösten sich vom Ufer und steuerten die Schiffe an, die am Abend oder auch in der Nacht eingetroffen waren. Der Kapitän gab ein Zeichen, die Gesundheitsinspektoren kamen an Bord. Die Kontrollen, dann konnten wir an Land gehen.

Der Augenblick des Abschieds war gekommen. Etwas beschämt und mit leichten Schuldgefühlen schüttelte ich Ferdinand die Hand. Ich umarmte Maria, gab ihr einen Abschiedskuss, den sie erwiderte und mir dabei leise zuflüsterte: ‹Bis Palermo!›

Sie stieg als Erste ins Boot hinab, gefolgt von Ferdinand. Das Boot stieß von der *speronara* ab und entfernte sich in Richtung Messina.

Maria hatte sich so hingesetzt, dass sie mich keinen Moment lang aus den Augen verlor. Sie blickte mich an und lächelte mir zu. Der Blick und das Lächeln sagten mir unmissverständlich: ‹Ich bin gelassen, ich bin glücklich, ich zähle auf dich.›

Eine Frau mag noch so sanft, noch so sehr für Mitleid empfänglich sein – wenn sie nicht liebt, ist sie grausam. Maria sagte sich in ihrem Herzen, sie tue etwas Ehrliches und folge ihrem Gewissen, wenn sie Ferdinand alles offenbarte. Doch sie kümmerte sich nicht im Geringsten um die Wirkung, die ihre Offenbarung auf den Mann haben würde, der sie liebte und dessen Liebe sie nicht erwiderte. Sie hatte erfüllt, was sie als ihre Pflicht ansah, das genügte ihr.

Im Hafen angelangt, gab sie mir mit ihrem Taschentuch ein letztes Zeichen des Abschieds; ich gab ihr ein letztes mit meinem Hut; sie sprang ans Ufer, wies unter irgendeinem Vorwand Ferdinands Arm zurück, ging etwa hundert Schritte an seiner Seite, drehte sich ein letztes Mal um und entschwand an einer Straßenecke, einem Schatten gleich.

Der Kapitän hatte die beiden begleitet; er kehrte mit den ausgefertigten Schiffspapieren zurück. Mich hielt nichts in Messina, einer der langweiligsten Städte der Welt, die ich zudem schon kannte.

Wir versorgten uns mit Fleisch, Fisch und frischem Gemüse, dann nutzten wir den günstigen Wind und setzten noch am selben Tag Segel.

Acht Tage später war ich in Girgenti, dem Agrigentum der Antike; ich verließ mein Schiff im Hafen und gab Anweisung, die Fahrt über Marsala fortzusetzen und mich in Palermo zu erwarten; ich nahm Pferde, ich verhandelte mit dem Hauptmann einer Bande, um auf dem Weg nicht festgehalten zu werden, und nach dreitägiger Reise zu Lande kam ich in Palermo an und erkundigte mich nach dem ‹Hôtel des Quatre-Nations›, wo Maria absteigen sollte.

Dort holte ich Auskünfte ein. Sie war alleine eingetroffen, hatte ungeheuren Erfolg gehabt und logierte tatsächlich in dem Hotel.

Sie war gerade zu einer Probe aufgebrochen.

Ich nahm ein Zimmer auf derselben Etage wie sie, ihrer Suite nicht zu nah, aber auch nicht zu weit davon.

Sodann eilte ich zum Bad; mir lag daran, bei ihrer Rückkehr im Haus zu sein.

Das war ich dann auch und stand über das Geländer am oberen Ende der Treppe gebeugt. Als man ihr unten sagte, dass ein Monsieur nach ihr gefragt habe und sie erwarte, rief sie: ‹Oh! Das ist er!›

Und sie stürmte die Stufen herauf. Sie lief hoch und kümmerte sich wenig darum, ob die Bediensteten ihr folgten, ob die anderen Reisenden sie sahen oder hörten, sie betrat ihre Suite und rief: ‹Ich bin frei! Ich bin frei! Oh, verstehst du, was für ein Glück in diesem Wort liegt? Frei, frei, frei!›

FREIHEIT! Kein Vogel in luftiger Höhe, kein wilder Ritt über weites Land, kein Reh im Wald haben mir je eine ähnliche Vorstellung von der Größe, ja ich möchte fast sagen, von der Erhabenheit dieses Wortes gegeben.

Maria hatte mir einen Monat Glück im schönsten Land der Welt versprochen; sie schenkte mir vierzehn Tage mehr. Noch zwanzig Jahre später sage ich: ‹Danke, Maria! Nie zuvor hat ein Schuldner mit Zins und Zinseszins zurückgezahlt wie Sie!›

Und was Palermo angeht, was soll ich sagen? Es ist das Paradies auf Erden. Möge der Segen der Dichter auf Palermo liegen!

Nach sechs Wochen mussten wir auseinandergehen. Vierzehn Tage waren unter verzweifeltem Ringen vergangen. Jeden Tag hätte ich abreisen sollen; jeden Tag war der Entschluss in Tränen zerronnen.

Jeden Tag sagte ich: ‹Morgen fahre ich.›

Schließlich kam der Moment der Abreise. Ich ging wieder auf mein Schiff, und Maria verließ es erst in dem Augenblick, als der Anker gelichtet wurde. Sie hatte abends Vorstellung; sie war sicherlich überwältigend.

Der Wind stand günstig. Ich wollte noch jene Inseln des Archipels sehen, die ich bei meiner letzten Reise nicht besucht hatte. Wir nahmen Kurs auf Alicudi.

Über fünfzehn oder zwanzig Seemeilen hin blies der Wind beständig, wir machten fünf oder sechs Meilen in der Stunde; dann ebbte er allmählich ab, und wir gerieten in eine Flaute.

Nun bereute ich, dass ich meine Abreise nicht um einen weiteren Tag verschoben hatte, denn ich war umsonst aufgebrochen.

Ich verbrachte eine jener wunderbaren, märchenhaften Nächte, da man mit allen Sinnen allen Zauber der Natur genießt: Der Himmel weit, das Meer durchsichtig, sternbeschienen, glanzgeschmückt, Düfte des Strandes, Dunst der Fluten, das Wirkliche umsäuselt vom Unsichtbaren; alles schien vereint, um mich vergessen zu machen, was ich soeben verloren hatte, oder um mich verstehen zu lassen, dass mir allein das soeben Verlorene fehlte, um mich zu einem der Lieblinge der Schöpfung zu machen.

Als es Tag wurde, schlief ich ein, während ich noch an Maria dachte und mir sagte: ‹Sie denkt an mich!›

Um sieben Uhr morgens weckte mich der Kapitän mit den Worten, eine Barke sei gerade aus dem Hafen ausgelaufen, bewege sich in unsere Richtung und gebe Signale an uns.

Ich stürzte aus der Kabine, weil ich dachte, dass diese Barke mir einen Brief von Maria bringe.

Es war noch besser: Sie brachte mir Maria selbst.

Bei Tagesanbruch hatte diese wunderbare Frau Erkundigungen eingezogen. Sie hatte erfahren, dass eine Flaute eingetreten und unsere *speronara* noch immer in Sicht sei; sie war zum Hafen gelaufen, um eine Barke zu mieten, und sie hatte sich aufgemacht, um mir ein weiteres Mal Lebewohl zu sagen.

Ich weiß nicht, ob ich in meinem ganzen Leben je eine so lebhafte Freude empfunden habe wie damals, als ich sie an meinem Herzen beben spürte.

Sie lachte, weinte, schrie vor Freude. O Natur! Was für schöne Blüten treibst du, wenn eine Frau liebt, wenn eine Knospe sich öffnet!

Die Matrosen klatschten in die Hände. Sie hatten den von Gesang und Tanz erfüllten Tag nicht vergessen, mit dem Maria sie beschenkt hatte.

‹Ja›, sagte sie voller Dankbarkeit zu ihnen, ‹ja, nur keine Sorge! Wir werden singen, ihr werdet tanzen.›

Dann wandte sie sich mir zu und sagte mit ihrer schillernden Leidenschaft, die zart und wild war, Gazelle und Löwin zugleich: ‹Und wir werden uns lieben, nicht wahr?›

Damit es ein Fest für alle würde, hatte Maria ihre Barke mit kaltem Braten und Wein beladen lassen. Der kalte Braten und der Wein wurden an die Mannschaften der Barke und der *speronara* verteilt.

Ein Festmahl begann.

Unser eigenes Festmahl waren die Blicke voller Liebe und Tränen, die halben, von Küssen abgeschnittenen Worte, die Seufzer voller Freude, das Lächeln voll Traurigkeit.

Der Tag verging mit Gesang und Tanz.

Die Nacht kam. Man hatte die Barke an der *speronara* festgemacht. Die beiden Seeleute aus Palermo hatten sich zu unseren Matrosen gesellt.

Die Flaute dauerte an.

Schöne Nacht, süße Nacht, allzu kurze Nacht, diese Nacht, deren Datum mir mit glühenden Ziffern zutiefst im Herzen eingebrannt bleibt!

Der Tag brach an. Aber ach, mit dem Tag erhob sich auch der Wind.

Wir mussten voneinander lassen. Maria hatte am Abend Vorstellung.

Sie wollte allem trotzen, nur um noch eine Stunde länger zu bleiben. Es war nicht möglich.

Wie eine zum Tode Verurteilte bettelte sie um eine halbe Stunde, eine Viertelstunde, fünf Minuten.

Man musste sie packen und auf ihre Barke schaffen.

Ach! Wie fern der Wirklichkeit ist doch die Schönheit von Drama und Theater!

Ich habe Maria in ‹Norma› gesehen, in ‹Otello›[81], in

‹Don Giovanni›, ich hatte ihr aus Leibeskräften applaudiert.

Doch wie schön war sie erst in ihrer wahren, ihrer echten Verzweiflung! Bewunderung und Liebe lagen im Widerstreit in mir, und während sie sich von mir entfernte, die Arme nach mir ausgestreckt, und ich mich von ihr entfernte, die Arme nach ihr ausgestreckt, rief ich ihr zu: ‹Ich liebe dich, du bist schön! Du bist schön! Ich liebe dich!›

Die Brise frischte auf, die Entfernung zwischen uns wurde größer.

Die Leute auf der Barke ruderten aus Leibeskräften. Sie fürchteten, allzu starker Wind könne sie daran hindern, zurück in den Hafen zu gelangen.

Mit dem Taschentuch winkend, stand sie, ohne an die Gefahr zu denken, am Heck, und jede Bewegung dieses weißen Tupfens, der von Minute zu Minute dahinschwand, sagte mir: ‹Ich liebe dich!›

Schließlich löschte die Entfernung alles aus; die Barke war unseren Blicken entschwunden.

Mein Blick blieb auf den Hafen gerichtet, Maria war gewiss längst an Land gegangen.

Ich habe sie niemals wiedergesehen.

Ich habe sie niemals wiedergesehen, und sind auch schon zwanzig Jahre vergangen, so trübt doch nicht die kleinste Wolke den Glanz dieser eineinhalb Monate in Palermo.

Eineinhalb Monate waren zwei Menschen ein Herz und eine Seele.

Ach! Während dieser eineinhalb Monate hat Gott, dessen bin ich gewiss, mehr als nur einmal gen Palermo geblickt.»

… … … … … … … … … … … … … … … … … … … …

Ich drehte mich nach meinen beiden Reisegefährtinnen um. Sie lächelten mich an und lauschten mit angehaltenem Atem. «Das ist meine Geschichte», sagte ich. «Verlangen Sie keine zweite dieser Art von mir. Eine wie diese erlebt man nur einmal im Leben.»

X

Das Dampfschiff fuhr um zehn Uhr. Mein Abenteuer zu erzählen hatte bis sieben Uhr in Anspruch genommen. Die Damen hatten gerade noch Zeit, aufzustehen, ihre Toilette zu machen und zu frühstücken.

Ich zog mich diskret in mein Zimmer zurück.

Es ist unglaublich, was mir auf dieser Reise an bis dahin unbekanntem Zauber begegnete. War es doch das erste Mal, dass ich mich in dieser seltsamen Lage befand: mit einer Frau intim zu sein, ohne sie zu besitzen, mit ihr vertraut zu sein, ohne dass Liebe im Spiel wäre.

Geschwisterliche Zärtlichkeit dürfte keine rechte Vorstellung davon geben. Überdies umfasst geschwisterliche Zärtlichkeit nicht jene Ungezwungenheit, die deutsche Frauen einem Freund entgegenbringen.

Setzen wir noch hinzu: Sie haben – zumindest alle, denen ich begegnet bin – einen großen Vorzug gegenüber unseren Frauen: Sie sind immer pünktlich fertig, ohne dass ihre Toilette unter dieser Raschheit zu leiden hätte.

Eine Viertelstunde, nachdem ich sie verlassen hatte, riefen meine Reisegefährtinnen nach mir. Ich war es, der nicht fertig war. Allerdings hatte ich gute zehn Minuten damit verbracht zu träumen.

Sie hatten das erste Frühstück bestellt. Das zweite Frühstück sollten wir an Bord des Schiffes einnehmen.

Ich weiß nicht, ob ich schon irgendwo meiner Begeisterung darüber Ausdruck verliehen habe, wie in Deutschland gegessen wird; und ich meine nicht die Qualität, ich meine die Quantität.

Das geht so weit, dass ich mich manchmal frage, ob die deutschen Frauen nicht zu Unrecht in dem Ruf stehen, Träumerinnen zu sein, oder ob sie nicht vielmehr, wenn man glaubt, dass sie träumen, einfach mit ihrer Verdauung beschäftigt sind.

Rekapitulieren wir.

Morgens um sieben Uhr, wenn man die Augen öffnet, nimmt man das erste Frühstück zu sich, das heißt, man isst eine Winzigkeit: zwei Eier, eine Tasse Kaffee, ein wenig süßes Hefebrot, just was es braucht, um sagen zu können, man setze sich dem letzten Atemzug der Nacht nicht mit leerem Magen aus.

Um elf Uhr gibt es ein zweites Frühstück, das aus Steaks, Koteletts, Kartoffeln oder anderem Gemüse besteht. Vom zuvor Genommenen unterscheidet es sich darin, dass man Wein dazu trinkt, während man beim ersten gewöhnlich nur Wasser trinkt.

Um ein Uhr gibt es eine kleine Zwischenmahlzeit. Diese besteht aus Schinken, kaltem Braten und einigen Aperitifs. Eine raffinierte Methode, um den Magen fürs Mittagessen zu öffnen.

Um drei Uhr findet das Mittagessen statt. Gewöhnlich wird bei dieser Mahlzeit Suppe mit Klößchen gegessen, Rindfleisch mit Meerrettich, Hase mit Konfitüre, Wildschwein mit Kirschen, Omelett mit Zucker, Safran und Vanille sowie Cremespeisen aller Art.

Um fünf Uhr nimmt man einen kleinen Imbiss ein, dabei geht es weniger darum, etwas zu essen, als sagen zu können, man möchte die Tradition des guten Essens nicht vernachlässigen.

Schließlich genehmigt man sich nach dem Theater ein kräftiges Nachtessen, war doch der nachmittägliche Imbiss wenig zufriedenstellend, und anschließend geht man schlafen.

Nicht berücksichtigt sind bei diesen verschiedenen Speisen Tee, Kuchen und Häppchen, die als Zwischenmahlzeiten eingenommen werden.

Das Aussehen der Betten in den Hotels am Rhein, das muss ich sagen, hatte sich seit meinen letzten Reisen nach Deutschland völlig verändert.

Ich war dünkelhaft genug zu meinen, dass diese Veränderungen meinen Reklamationen zuzuschreiben waren.

Auch beim Brot hatte es Verbesserungen gegeben. Reispudding und Pumpernickel waren so gut wie verschwunden, um einem mit Ei glasierten Hefegebäck Platz zu machen, das man «Wiener Brot» nennt.

Wir hatten also zu unserem Frühstück Eier, Kaffee mit Sahne – sprich Zichorie mit Milch –, tadellose Butter und die schöne weiße Tischwäsche, die ich später, bei meiner Reise nach Russland, so oft im Traum und so selten in der Wirklichkeit vor Augen haben sollte.

Noch im Hotel hörten wir, wie die Glocke des Dampfschiffs – das etwa fünfhundert Schritt von uns am linken Ufer des Rheins vor Anker lag – das erste Signal gab, gerade als wir unser Frühstück beendeten.

Wir hatten noch eine halbe Stunde Zeit; doch meine Reisegefährtinnen drängten zum Aufbruch, weil sie «gute Plätze» haben wollten.

Wie haben sich nur die deutschen Frauen, wenn sie großen Wert darauf legen, gut zu sitzen, so viele Jahrhunderte lang damit abfinden können, so schlecht zu liegen?

Und doch muss man sagen, dass Deutschland trotz der unerhörten Art und Weise, in der dreißig Millionen deutsche Männer und Frauen gebettet sind, das fruchtbarste Land der Welt ist.

Während wir uns zum Dampfschiff begaben, bot sich uns ein lebendiges Beispiel für jene von der Bibel empfohlene Vermehrung: Wir folgten einer Allee, die sich den Rhein entlangzieht, und in dieser Allee holten wir alsbald eine junge Frau von vierundzwanzig Jahren ein.

Sie führte ein großes Mädchen im Alter von sechs oder sieben Jahren an der Hand. Ein dicker Knabe von fünf oder sechs Jahren mit runden Apfelbäckchen spielte hinter ihr mit einem Ball. Ihm folgten zwei kleine Schwestern von vier bis fünf Jahren, die einander an der Hand hielten; danach kam eine dicke Amme, eine Bäuerin aus dem Schwarzwald, die ein Kind von zwei Jahren auf dem Arm hatte und ein Wägelchen hinter sich herzog, in dem ein Balg von acht bis zehn Monaten am Daumen lutschte.

Eine Puppe, die offenbar gemeinschaftlicher Besitz der Familie war, lag neben ihm.

Die ganze Familie, aus acht Personen bestehend, brachte es auf ein Gesamtalter von sechsundvierzig bis achtundvierzig Jahren.

Wir gingen an Bord. Die Damen wählten ihre Plätze, was ihnen nicht schwerfiel, und eine halbe Stunde später setzte sich das Schiff in Bewegung.

Ein kleines Schloss, das dem gegenwärtigen König von Preußen gehört, erweckt in mir eine recht seltsame Erinnerung.

Es war während meiner ersten Reise auf dem Rhein im Jahr 1838.

Da ich wusste, dass das besagte kleine Schloss dem Kronprinzen von Preußen gehörte – zu jener Zeit war der gegenwärtige König von Preußen noch Kronprinz – und dass der Kronprinz dieses Schloss zu einem Museum für Gemälde, Waffen und Möbel des sechzehnten Jahrhunderts umgestaltet hatte, machte ich vor dem Schloss halt, ließ mich an Land setzen und bat darum, es besichtigen zu dürfen.

Ich bekam zur Antwort, der Kastellan des Kronprinzen sei vor drei Tagen eingetroffen und habe Anweisung, Schaulustigen fürs Erste keinen Einlass zu gewähren; gleichwohl würden diese Schaulustigen gebeten, ihren Namen in eine Liste einzutragen, die beim Pförtner aufliege, denn es sollten gewisse Ausnahmen gemacht werden, wenn der Rang der betreffenden Persönlichkeiten diese Ausnahmen zu rechtfertigen scheine.

Obwohl ich annahm, dass mein Rang in den Augen eines Kastellans des Kronprinzen recht dürftig sein müsse, trug ich für alle Fälle – war ich doch ohnehin dazu verdammt, bis zum nächsten Tag in einer kleinen, abseits gelegenen Herberge zu bleiben – in diese Liste meinen Namen und die Anschrift der Herberge ein, die mir für vierundzwanzig Stunden lang als Bleibe dienen sollte.

Dann entfernte ich mich zwanzig Schritte weit, um Steine auf dem Rhein springen zu lassen, was bekanntermaßen Scipios[82] großer Zeitvertreib im Exil war. Muss ich hinzufügen, dass es nicht der Rhein war, sondern das Tyrrhenische Meer, auf dem Scipio seine Steine springen ließ?

Ich war bei meinem dritten Stein und dem fünfzehnten oder achtzehnten Hüpfer, als der Pförtner ganz atemlos bei mir anlangte und, da er mich für irgendeinen inkognito reisenden Fürsten hielt, sich tief vor mir verneigte und sagte, dass die Weisung in meinem Falle ausgesetzt worden sei und ich das Schloss nach meinem Belieben besichtigen könne.

Er setzte hinzu, dass der Kastellan mich erwarte, um mir die Ehre zu erweisen.

Da die Lustbarkeit, die ich mir gegönnt hatte, mich nicht zwingend davon abhielt und da ich vor allem den Kastellan Seiner Königlichen Hoheit nicht warten lassen wollte, kehrte ich zum Schloss zurück.

Der Kastellan erwartete mich an der Tür zum Waffensaal.

Er war etwa sechsunddreißig bis achtunddreißig Jahre alt, sonnengebräunt, mit blondem Haar und blauen Augen. Er empfing mich höchst wohlwollend und entschuldigte sich dafür, dass der Pförtner, der untertänigst seine Weisung befolgt habe und überdies Analphabet sei, wie es sich für einen echten Schweizer gebühre, nicht begriffen habe, dass diese Weisung in meinem Fall nicht anzuwenden sei.

Ich meinerseits strömte über vor Dankesbezeigungen; der Kastellan sprach Französisch wie ein Tourangeau[83]: Offenbar war er ein gebildeter Mann. Er besaß angenehme Züge und bot eine kultivierte Erscheinung. Ich reichte ihm als Zeichen des Dankes die Hand, und wir schüttelten Hände wie alte Weggefährten.

Ich war bereits seit einiger Zeit in Deutschland unterwegs und hatte mich an die herzliche und offene Art der Deutschen gewöhnt.

Meine Zwanglosigkeit schien ihm zudem jede Befangenheit zu nehmen. Er sagte, er wolle die Rolle des

Fremdenführers übernehmen und mir das Schloss zeigen.

Die Umgangsformen des Kastellans gefielen mir sehr; allerdings erschienen sie mir für einen Kastellan doch bemerkenswert kultiviert.

Wir besichtigten das Schloss Zimmer für Zimmer, schauten es uns in allen Einzelheiten an. Über die Hängebrücke, die man vom Dampfschiff aus sieht und die dem Netz einer riesenhaften Spinne ähnelt, gelangten wir von einem Turm zum anderen. Schließlich machten wir in der Bibliothek halt, die die schönsten Prachtbände enthielt, die von Goethe, Schiller und Shakespeare je gemacht wurden.

Unterdessen war die Stunde des Mittagsmahls gekommen; man meldete dem Herrn Kastellan, es sei serviert.

«Ich weiß nicht, ob Sie sich schon an unsere Essenszeiten gewöhnt haben», sagte er, «aber ich habe gedacht, Sie werden mir die Ehre erweisen, mit mir zu speisen, und ich habe ein Gedeck für Sie mit auflegen lassen.»

Es war unmöglich, ein so zuvorkommendes Angebot abzulehnen. Ich nahm an.

Auf dem Weg zum Speisesaal sagte mein Gastgeber: «Ich habe mir gedacht, dass Sie, seit Sie in Deutschland sind, schon genug unter der deutschen Küche gelitten haben, und damit Sie unser armes Schloss in nicht allzu schlechter Erinnerung behalten, habe ich Ihnen ein Mittagsmahl *à la française* bestellt.»

Ich gestehe, dass ich für diese überaus zuvorkommende Aufmerksamkeit nicht gänzlich unempfänglich war. Die Vorstellung, statt Hefebrot oder Pumpernickel richtiges Brot zu essen, sagte mir außerordentlich zu.

Auch gab ich einen Freudenschrei von mir, als ich gewahrte, was die Bäcker einen Kranz nennen.

Wer meine Ansichten kennt, weiß, dass es nicht die Form war, die mich fröhlich stimmte: Es war der Inhalt.

Das Mittagsmahl war ausgezeichnet und ganz bestimmt von einem Landsmann zubereitet worden. Ich erkundigte mich nach der Nationalität dieses Künstlers: Es war tatsächlich ein Franzose. Seine Hoheit bevorzuge, sagte der Kastellan, die französische Küche, und der Koch wohne im Schloss, obwohl er nur beschäftigt sei, wenn der Prinz zur Sommerfrische dort weile.

Als die Mahlzeit beendet war, erklärte der Kastellan, da ich ihm in die Falle gegangen sei, dürfe ich auch nur mit seiner Zustimmung wieder hinaus. Folglich lasse er mir die Wahl zwischen einer Partie Tricktrack[84], einer Partie Billard oder einem Ausflug zu Pferde.

Vom Tricktrack habe ich nie etwas verstanden. Seit ich, wie man es in meinen «Memoiren» nachlesen kann, von meinem Freund Cartier achthundert Gläser Absinth und achtzig Tassen Kaffee gewann,[85] mit denen ich die Reise nach Paris unternahm, die über meine Zukunft entschied, habe ich, glaube ich, keine dreimal ein Billardqueue in der Hand gehalten. Also gab ich dem Ausflug zu Pferde den Vorzug.

Auf ein Zeichen des Kastellans hin wurden zwei fertig gesattelte Pferde an die Außentreppe des Schlosses geführt. Er bestieg das eine, ich das andere, und wir ritten durch ein malerisches Tal, bis wir zu einer alten Burgruine gelangten.

Unterwegs erzählte er mir die Geschichte des Bauwerks, das wir soeben verlassen hatten.

Es war Eigentum der Stadt Koblenz, die es mehrere Jahre lang für eine Summe von, soweit ich weiß, dreihundert Franc zum Kauf angeboten hatte, ohne einen Interessenten zu finden. Da machte die geneigte Stadt es dem Kronprinzen von Preußen zum Geschenk, der sich für das Geschenk insofern dankbar zeigte, als er eine Million dafür aufwendete.

Nach dreistündigem Ausritt durch die Berge kehrten wir zum Schloss zurück; dort wartete das Abendessen auf uns.

Da ich die Einladung zu einem kleinen Mittagessen angenommen hatte, sah ich keinerlei Grund, nicht auch die zu einem großen Mahl anzunehmen; als ich allerdings den Aufwand sah, der betrieben wurde, machte ich dem Kastellan einige Vorhaltungen hinsichtlich der Kosten, in die er den Kronprinzen stürzte.

Darauf antwortete mir der Kastellan, dass dem Kronprinzen, als er ihn eingestellt habe, sehr wohl bewusst gewesen sei, worauf er sich einlasse.

Meine Vorhaltungen erwiesen sich als umso mehr berechtigt, je weiter das Diner von einem Gang zum nächsten fortschritt. Auf Bordeauxweine waren Rheinweine gefolgt, auf Rheinweine Champagnerweine und auf die Champagnerweine Weine aus Ungarn. Es war wahrlich eine Sünde, all diesen Aufwand für einen so armseligen Trinker wie mich zu treiben.

Der Kaffee erwartete uns auf der Schlossterrasse.

Es gibt nichts Herrlicheres als den Blick von dieser Terrasse: Berge, Täler, Flüsse, Ruinen, Dörfer, alles fügt sich zusammen und macht sie zu einem einzigartigen Aussichtspunkt. Das Rheintal ist wohl nirgends belebter als dort; Fluss und Landstraßen sind dicht bevölkert: der Fluss mit Fischerbooten, Dampfschiffen und jenen großen Flößen, auf denen viel Volk flussabwärts treibt; die Landstraßen mit Reitern, Fußgängern, Kutschern, Karren, Coupés und Kaleschen. Das rührt daher, dass Koblenz kaum vier oder fünf Meilen entfernt und eine der lautesten und betriebsamsten Städte an den Ufern des Rheins ist.

Dort verbrachte ich gut zwei oder drei Stunden, die zu den malerischsten meines Lebens zählen.

Mein Gastgeber kannte alle Legenden um den Rhein, von der Loreley bis hin zum Autograf von Janin an Herrn von Metternich[86]; er kannte alle Balladen Uhlands auswendig, von «Der Wirtin Töchterlein» bis hin zu «Der Sänger».[87] Wir führten eine leidenschaftliche Diskussion über Goethe und Schiller. Wie alle Deutschen dem Dramatischen wenig zugetan, jedoch höchst träumerisch veranlagt, gab er Goethe gegenüber Schiller den Vorzug; ganz im Gegensatz dazu gab ich, wenig träumerisch veranlagt und sehr zum Dramatischen neigend, dem Verfasser der «Räuber» den Vorzug gegenüber dem Verfasser des «Egmont». Doch damit nicht genug, und das empfand mein Gastgeber als sträfliche Vorstellung: Da «Faust», die Inkarnation des deutschen Geistes, mir von geringerem Rang als «Götz von Berlichingen» schien, besaß ich die Tollkühnheit, «Faust» von Anfang bis Ende nach meiner Auffassung umzugestalten;[88] mein Gastgeber war nahe daran, sein Haupt zu verhüllen, nicht mehr und nicht weniger als der König der Könige in der herrlichen Szene des Euripides zwischen Menelaos und Agamemnon,[89] die nachzuahmen Racine sich sehr wohl gehütet hat, aus Furcht, man könne in der Figur des Menelaos Monsieur de Montespan wiedererkennen.[90]

Trotz meiner abweichenden Meinungen schien mein Gastgeber, der, wie bereits gesagt, nicht nur äußerst gebildet war, sondern sich in der Diskussion zudem aller Feinheiten der französischen Sprache bediente, unser Gespräch alles in allem höchst amüsant zu finden, während ich es außerordentlich interessant fand. Als es schließlich dunkel geworden und der Abend fortgeschritten war, erhob ich mich, um Abschied zu nehmen; da erklärte er mir, er habe, weil er mir nicht zumuten wolle, in einem der Betten zu schlafen, von denen ich ihm eine Beschreibung geliefert hatte, meinen Koffer aus dem Hotel holen und daselbst mitteilen lassen, dass ich nicht dort übernachten würde, denn im Schloss sei ein Zimmer für mich hergerichtet worden.

Angesichts der mangelnden Zurückhaltung, die ich bislang gezeigt hatte, war es das Beste, mir auch alles Weitere gefallen zu lassen. Ich nahm das Zimmer also an, ganz wie ich das große Abendessen und das kleine Mittagessen angenommen hatte, aber unter der Bedingung, dass das Schiff am nächsten Tag auf gar keinen Fall ohne mich abfahre.

Auf diese Vereinbarung ging mein Gastgeber in aller Form ein.

Nun war es schon Zeit für das Souper. Tee, Kuchen, Häppchen, Hefebrot, Marzipan erwarteten uns; all das – Marzipan, Hefebrot, Häppchen, Kuchen und Tee – galt es zu bewältigen.

Ich muss sagen, dass ich mich, seit ich in Deutschland war, an derartige Misshandlungen gewöhnt hatte und dass ich sie einigermaßen ehrenvoll durchstand für jemanden, der in Paris nur zwei Mahlzeiten pro Tag einnimmt, und manchmal sogar nur eine einzige.

Allerdings ermunterte mich mein Gastgeber auch ganz außerordentlich.

Schließlich zeigte die Pendeluhr Mitternacht. Nun konnte ich mich guten Gewissens zurückziehen. Ich erhob mich. Mein Gastgeber läutete, und ein Kammerdiener geleitete mich in meine Räumlichkeiten.

Ich hatte schlichtweg das Ehrengemach, das mit Familienporträts vollgehängt war; ich wurde von einem ganzen Regiment von Markgrafen, Herzögen und Königen bewacht, vom Gründer des Deutschen Ordens bis hin zu Friedrich Wilhelm.[91] Außerdem lag ich in einem Bett aus geschnitztem Holz, in dem sechs Reisende meiner Größe Platz gehabt hätten und dessen Brokatvorhänge ein Adler aus Eichenholz in den Fängen hatte.

Ich dachte an meinen teuren Victor Hugo, und ich rezitierte für all diese Ritter, all diese Herzöge, all diese Markgrafen und all diese Könige die schöne Szene mit den Porträts aus «Hernani».[92]

Daraufhin entschloss ich mich, die drei Stufen der Estrade hochzusteigen, auf der mein Bett ruhte, über das geschnitzte Seitenbrett zu klettern, das ihm das Aussehen eines ungeheuren Sarges verlieh, und mich in sein Inneres vorzuwagen.

Es musste das Bett Friedrich Barbarossas oder des Kaisers Heinrich IV. sein.

Ich schlief darin, als wäre es mein eigenes. Immerhin war ich ja nicht exkommuniziert worden, wie meine beiden Vorgänger, und vor allem war ich nie Kaiser gewesen, eine gesellschaftliche Stellung, die einem auf immer den Schlaf raubt – vor allem wenn man sie eingebüßt hat.

Nur mit Mühe wurde ich um acht Uhr morgens wach. Ich brauchte zehn Minuten, um mich zu orientieren und herauszufinden, wo ich war: Schließlich kam die Erinnerung zurück. Ich hörte eine Uhr aus dem sechzehnten Jahrhundert schlagen, und bei dem Gedanken, dass eine Uhr, die seit so langer Zeit im Dienst war, naturgemäß nachgehen müsse, sprang ich vom Bett herunter.

Beim ersten Geräusch aus meinem Gemach trat der Diener ein, der zu meiner Aufwartung abgestellt war.

Das Frühstück harrte meiner, und mein Gastgeber war schon seit sechs Uhr morgens auf.

Ich kam buchstäblich von Bett zu Tisch.

Um halb zehn Uhr fand ich, es sei Zeit, mich reisefertig zu machen. Ich stand auf, ergriff die beiden Hände meines Gastgebers und schüttelte sie herzlich.

Er begegnete meiner Geste mit der gleichen Höflichkeit.

Sodann bat ich ihn, auf die Terrasse hinaustreten zu dürfen, um noch ein letztes Mal die Landschaft zu würdigen und auf die Ankunft des Dampfschiffs zu warten.

Das Dampfschiff besaß die Höflichkeit der Könige: Es erschien pünktlich. Um zehn Uhr zehn machte es auf einen Wink von der Terrasse hin fest.

Wir stiegen hinab, denn mein Gastgeber wollte mich bis zur Anlegestelle begleiten; dort wandte ich mich um und sagte zu ihm, während ich ihm die Hände reichte: «Mein werter Gastgeber, ich kann zum Dank für all Ihre Liebenswürdigkeiten nur eines anbieten: Sollten Sie jemals nach Paris kommen, will ich so gut wie möglich die Gastfreundschaft erwidern, die Sie mir am Ufer des Rheins erwiesen haben.»

«Das gilt auch für Sie», antwortete mein Gastgeber ausweichend. «Wenn Sie je nach Berlin kommen, lege ich Wert auf das Vergnügen, Ihnen die Ehre zu erweisen.»

«Was das angeht, so gebe ich Ihnen mein Wort; doch wo sind Sie zu finden?»

«Im Schloss des Königs natürlich.»

«Und nach wem soll ich fragen?»

«Ach so, ach so! Nach wem Sie fragen sollen …»

«Ja.»

«Fragen Sie nach dem Kronprinzen.»

XI

Bald schon war das Schloss Stolzenfels unseren Blicken entschwunden – so hieß, wie ich mich jetzt erinnere, das Schloss, in dem Seine Hoheit mir die Ehre erwiesen hatte. Kurz darauf ließen wir die Stadt Oberlahnstein hinter uns, die über und über mit Türmen gespickt war, dann die Stadt Rhens, wo sich ehedem der berühmte Königstuhl befand.

Wenn Sie, werte Leser, mit der deutschen Sprache nicht vertraut sind, werden Sie mich fragen, was es mit dem berühmten Königstuhl auf sich hat: So werde ich, um Ihnen gefällig zu sein, das Wort zerlegen und Ihnen erklären, dass «Königs» der Genitiv von König ist und «Stuhl» Sitz bedeutet, also bedeutet es Sitz des Königs.

Ich gehe jede Wette ein, dass Sie trotz dieser Erklärung nicht viel klüger geworden sind.

Hören Sie nur und lassen Sie sich belehren.

Dort, in der Mitte des Flusses, an der Stelle, wo heute vier Felsen mittlerer Größe zu sehen sind, versammelten sich die Kurfürsten aus dem Rheinland, um über die Belange Deutschlands zu beraten. Sie versammelten sich an diesem Ort, weil hier die vier Hoheitsgebiete der vier Kurfürsten zusammentrafen wie Strahlen, die von einem Stern ausgehen. Von der Höhe dieser Sitze hatte man vier kleine Städte gleichzeitig im Blick: Lahnstein auf dem Gebiet von Mainz, Capellen auf dem von Trier, Rhens auf dem von Köln und schließlich Braubach, auf pfälzischem Lehensgebiet.

In der kleinen Kapelle gegenüber verkündeten im Jahr 1400 die Kurfürsten, nachdem sie ihre Beratung auf dem Königstuhl beendet hatten, dass sie Kaiser Wenzeslaus des Thrones enthoben.[93]

Der Königstuhl hatte bis zum Jahre 1802 Bestand. Im Jahre 1802 zerstörten ihn die Franzosen.

Die Krönung des Traurigen bei Eroberungen und Revolutionen ist nicht das Schicksal der Könige, die durch sie gestürzt werden, denn etwas früher oder später müssen diese Könige ohnehin sterben: Am traurigsten ist das Los der Bauwerke, die sie zerstören; wenn Volk und Soldaten nicht mehr wissen, gegen wen sie sich wenden sollen, wenden sie sich gegen die Steine, und ob diese Steine nun von Monsieur Fontaine behauen oder von Phidias[94] gemeißelt wurden, ist ihnen einerlei, sie reißen sie nieder; und wenn sie darüber hinweggezogen sind, glauben sie, sie hätten eine neue Freiheit erobert oder einen neuen Sieg davongetragen.

Weiter geht es nach Sankt Goar, einer bezaubernden kleinen Hafenstadt, überragt von den Ruinen einer Burg, deren Mauern wir 1794 teilweise gesprengt haben. Diesmal erfolgte die Eroberung – was sich die Soldaten niemals hätten träumen lassen – zugunsten eines Gastwirts; er sprang in die Bresche und errichtete dort eine Herberge. Meine Reisegefährtin behauptete, es sei die Herberge, die Uhland in seiner schönen Ballade «Der Wirtin Töchterlein» gemeint habe.

Nun waren wir wirklich im Königreich der Ballade angelangt: Nach dem Töchterlein kam die Fee Lore, besser bekannt unter dem Namen Loreley oder die Lore vom Felsen.

Und wir müssen sagen, dass die Sirene des Mittelalters den malerischsten Abschnitt des Rheins zu ihrem Wohnsitz erkoren hatte. Der Gipfel des Felsens, auf dem sie sich, die Harfe im Arm, gewöhnlich aufhielt und die Fischer durch den berückenden Schmelz ihrer Stimme anlockte, ragt mehr als vierhundert Fuß über dem Rhein empor. Der Schlund, in den die Unvorsichtigen hinabgerissen wurden, brüllt noch immer wie Skylla[95], wirbelt noch immer wie Charybdis zu Füßen dieses Felsens. Der Rhein, eingezwängt in eine Enge von zweihundert Schritten, wälzt sich wütend über ein Gefälle von fünfhundert Fuß auf vierhundert Meter, und das Echo wiederholt bis ins Unendliche allen Schall, den man ihm zuträgt: Hörnerklang oder Kanonendonner.

Zudem gibt es den Brauch, immer, wenn ein Dampfschiff vorüberkommt, ein kleines Geschütz abzufeuern, um den Reisenden das seltenste aller Vergnügen zu bereiten: das des Erstaunens.

Es war das dritte oder vierte Mal, dass ich die Rheinfahrt unternahm; für meine schönen Begleiterinnen war es das erste Mal. Ich hatte ein ganzes Buch über die Legenden geschrieben, die sich um die beiden Ufer des alten deutschen Stroms ranken; ich war also zu einem sehr brauchbaren Fremdenführer geworden.

Dem Vergnügen, eine malerische Stätte zum ersten Mal zu besuchen, folgt das womöglich noch größere Vergnügen, sie ein zweites Mal in Begleitung von Menschen zu sehen, die man liebt und die man sehen lässt, was man gesehen hat und wie man es gesehen hat. Ich hielt an jedem Arm ein bezauberndes Geschöpf, beide blickten zu mir auf, ihre Augen lächelten, und sie lauschten, was ich zu erzählen hatte. Das Wetter war schön; der Himmel, changierend und mit Wolken durchsetzt, teilte diese gewaltige Natur in große Partien von Licht und Schatten. Poesie war vor mir, um mich herum, in mir; als Sinnenfreude hatte ich zugleich alte Burgen am Horizont und junge Frauen an der Seite; die Luft war mild, und ich sog sie ein, durchdrungen von Zuneigung und Zärtlichkeit. Wäre es dem Menschen erlaubt zu sagen, «Ich bin glücklich!», dann würde ich sagen: Ich war glücklich.

Der Tag verging wie eine Stunde. Dann kam der Abend mit all seinem Zauber, dem roten Widerschein auf den Wassern des Rheins, den Farbschattierungen des Himmels, den gelblich schillernden Grüntönen, die keine Palette wiederzugeben vermag, der süßen Wehmut, die beim Gedanken erwacht, dass man bald voneinander scheiden muss, sosehr man einander auch zugetan sein mag, und sich vielleicht niemals wiedersehen wird; mit all den Empfindungen also, die einer Abendstunde zu verdanken sind, die längst nicht mehr Tag ist und doch noch nicht Nacht, Empfindungen, die betörend in der Tiefe des Herzens beben, wenn am Horizont der flammend blaue Stern emporsteigt, der des Abends Venus heißt und des Morgens Luzifer.

Schließlich tauchte am Horizont eine schwarze, von

feurigen Punkten durchdrungene Masse auf; es war die Stadt Mainz.

Ein Teil der Passagiere musste dort von uns gehen. Unsere schöne Wienerin, die sich ohnehin schon von ihrer Route hatte abbringen lassen, musste uns Adieu sagen, sosehr sie sich einerseits von Lilla, andererseits von mir angezogen fühlte. Wir hingegen wollten dort den Zug nach Mannheim nehmen, dem Ziel unserer Reise.

Wir trafen um zehn Uhr abends in Mainz ein; zehn Minuten später saßen wir an einem Tisch und tranken Tee – ein Getränk, das dank der Engländer einigermaßen universell geworden ist. Die Damen hatten, wie in Koblenz, ein Zimmer mit zwei Betten verlangt, und ich hatte ein dem ihren benachbartes Zimmer gewählt.

Die französische Lebensart muss wohl recht vital sein, selbst wenn sie in die Fremde verpflanzt wird. Nur in Frankreich wird geplaudert; anderswo wird diskutiert, schwadroniert, deklamiert, fantasiert, man langweilt sich. Doch wohin ein Franzose auch kommt, führt er die Elektrizität der *conversation* ein, wenn ich mich dieses Ausdrucks bedienen darf. Ein Italiener an meiner Stelle hätte gesungen, ein Engländer hätte getrunken, ein Deutscher geschlafen, ein Russe sich dem Spiel ergeben: Wir dagegen haben geplaudert, und das bis zwei Uhr morgens. Worüber? Du liebe Güte, fragen Sie den Wind, von welcher Seite er an diesem Abend wehte, und der Wind wird nicht besser wissen, von welcher Seite er wehte, als ich wüsste, worüber wir gesprochen haben; nur dass die Standuhr zweimal schlug, das weiß ich noch. Wir meinten, dass sie, wie jene in der Komödie «Des Uhrmachers Hut»[96] von meiner armen Freundin Delphine de Girardin zu irrwitziger Stunde schlage. Also sahen wir auf unsere Uhren, was Karl V. nicht hätte tun können:[97] Alle drei stimmten überein und gaben der Standuhr recht.

Es hieß Abschied nehmen. Zum ersten Mal kam es uns vor, als würden wir einander fehlen während der Nacht; denn am folgenden Tag fand eine erste Trennung statt, die nur das Vorspiel zur zweiten war.

Diesmal hätte Lilla mich kaum wecken können, damit ich die Sonne aufgehen sah: Die Sonne war kurz davor aufzugehen, als wir uns schlafen legten.

Um noch einige Augenblicke miteinander zu verbringen, hatten wir beschlossen, erst mit dem Zug um elf Uhr morgens abzureisen; doch um acht Uhr waren wir schon alle auf den Beinen.

Je näher die Stunde der Trennung rückte, desto schwerer fiel uns das Plaudern; an die Stelle des zarten Lächelns waren traurige Blicke getreten. Die Menschen des Altertums, die nicht wussten, was Melancholie ist – wussten sie denn nicht, wie es ist, wenn einem jemand fehlt?

Unsere Freundin begleitete uns bis auf den Bahnsteig. Dort glaubte man bestimmt, sie trenne sich von Vater und Schwester, denn sie zerfloss buchstäblich in Tränen. Wenn Zeitgenossen eine Allegorie der Notwendigkeit darzustellen hätten, dann würden sie diese, statt sie wie die Alten mit Keilen in den Händen an die Ecke eines

Platzes zu verbannen, in einem Bahnhof aufstellen, mit einer Uhr um den Hals.[98]

Nun war es Zeit, in den Waggon einzusteigen. Unsere Freundin begleitete uns, um die letzte Gnadenfrist zu nutzen, die Reisenden gewährt wird; doch beim Ertönen des Läutens war es Zeit, auszusteigen, und sie sprang erst in dem Augenblick, als der Zug sich in Bewegung setzte, auf den Bahnsteig.

Wir trockneten unsere Tränen, wir blickten einander an, und ich sagte zu Lilla: «Was für eine charmante Frau! Wie heißt sie eigentlich?»

«Ich weiß es nicht», antwortete sie.

Ich hatte sie für eine enge Freundin von ihr gehalten; dabei war es nicht einmal eine Bekanntschaft.

Was war es dann?

Ach, mein Gott, es war einfach die stärkste Bindung, die es auf der Welt gibt: Wesensverwandtschaft.

XII

Wir hatten unsere Zweisamkeit wiedererlangt; doch beeilen wir uns hinzuzusetzen, dass diese Zweisamkeit seit unserer Abreise einen ungeheuren Schritt gemacht hatte. Meinerseits hatte sie sich von verliebtem Verlangen zu innigster, doch höchst ehrerbietiger Freundschaft gewandelt, seitens meiner Begleiterin von verschämter Furcht zu höchst zutraulicher Ungezwungenheit. Zwischen uns war etwas entstanden, was sich zwischen der

Liebe zweier Amants und der Liebe zwischen Bruder und Schwester eingependelt hatte, eine äußerst charmante Empfindung, die in der Skala menschlicher Innigkeit noch nicht einzuordnen war.

Und ich will eines gestehen, nämlich dass ich beglückt war, mit dieser neuen Empfindung Bekanntschaft gemacht zu haben.

Sie war auf ruhigen und weichen Grund gebettet, ähnlich jenem Rasengrund bei den italienischen Meistern, der von Teppichen und seidenen Kissen bedeckt ist, und beleuchtet von einem Azurhimmel, dessen Klarheit durch nichts zu trüben war. Ein Gewitter war undenkbar, denn es fehlte die Leidenschaft. Es bestand eine vollständige Freiheit des Geistes, eine uneingeschränkte Entfaltung der Sinne; Frische und Gelassenheit, eine grandiose Leichtigkeit des Seins, eine Ahnung von der Glückseligkeit einer höheren Welt.

Lilla war, wie alle kultivierten Frauen ihres Landes, von höchst aufrechter Gesinnung; sie hatte eine Erziehung genossen, die sie an ein umfassendes Wissen herangeführt hatte. Mit ihr konnte man über alles sprechen, und sie verstand auch dort noch, wo sie nicht zu diskutieren vermochte.

Hätte jemand gesehen, wie sie, an meine Schulter gelehnt, mit ihrem sanften Lächeln den Hasen zuschaute, die auf dem Feld umhertollten, er hätte uns, wollte ich gerade sagen, für ein Liebespaar gehalten, wenn mir nicht eingefallen wäre, dass ich doppelt so alt bin wie sie. Wir waren etwas viel Besseres, nämlich zwei liebe Freunde, die kurz davorstanden auseinanderzugehen, doch in der Gewissheit, einander in Erinnerung zu behalten.

Wir kamen gegen Abend in Mannheim an. Es war das dritte Mal, dass ich durch diese melancholische, kleine deutsche Stadt kam, die Goethe zum Schauplatz der Liebe zwischen Charlotte und Werther erkoren hat.[99] Die Szenerie, das muss man zugeben, ist für das Drama bewundernswert gewählt: Ein wuchtiges Schloss, ein menschenleerer Park, riesige Bäume, schnurgerade Straßen, mythologische Brunnen – alles steht im Einklang mit der erschütternden Elegie des deutschen Dichters.

Als ich das letzte Mal dorthin gekommen war, hatten mich Nachforschungen in Anspruch genommen: Es ging um Dokumente im Zusammenhang mit der Ermordung Kotzebues durch Sand,[100] ich hatte mir das Haus des Verfassers von «Menschenhass und Reue» zeigen lassen; ich hatte mir Sands Gefängnis zeigen lassen. Ja, ich hatte sogar genau an der Stelle, wo Sand hingerichtet worden war und die seit jenem Tage Sands Himmelfahrtswiese heißt, den Direktor des Zuchthauses kennengelernt, in dem er eingesperrt gewesen war. Schließlich hatte ich einen Besuch bei Doktor Widmann gemacht, der niemand anderes war als der Sohn des Scharfrichters von Mannheim, der heute selbst Scharfrichter ist aufgrund der Ständeregeln, die in Deutschland noch in Kraft sind.

Im Übrigen werden die Scharfrichter in Deutschland nicht wie Ausgestoßene behandelt und von der Gesellschaft geächtet; das hängt zweifellos damit zusammen, dass die Hinrichtung, die durch das Schwert vollzogen wird, noch etwas vom Kriegerhandwerk bewahrt hat. Der deutsche Scharfrichter ist sogar von Stand: Er ist der Letzte der Adligen und der Erste der Bürger. Bei Festumzügen marschiert er zwischen Adel und Bürgertum.

Ich habe an irgendeiner Stelle, ich weiß nicht mehr, wo, von dem Grund für diese Gunst erzählt. Am Abend eines Maskenballes schlich sich der Scharfrichter in einem prachtvollen Kostüm in den kaiserlichen Palast und berührte bei einer Quadrille die Hand der Kaiserin.

Als er erkannt wurde, verlangte der Kaiser, dass dem Halsabschneider seinerseits der Hals abgeschnitten werde, um das Verbrechen der Majestätsbeleidigung zu sühnen. Doch jener hatte seine Geistesgegenwart bewahrt und erwiderte: «Majestät, wenn du den Kopf abschlagen lässt, wirst du doch nicht ungeschehen machen, dass die Hand der Kaiserin von der des Scharfrichters berührt wurde, also jenes Geschöpfs, dem die Ächtung aller die unterste Stufe der gesellschaftlichen Rangordnung zuweist. Mache mich zum Edelmann, und die Befleckung ist getilgt.»

Der Kaiser dachte einen Augenblick lang nach und sagte schließlich: «Ganz recht! Von heute an sollst du der Letzte der Adligen und der Erste der Bürger sein.»

Seither hat der Scharfrichter in Deutschland diese Stellung, die ihm der Kaiser selbst verliehen hat.

Doch ich verband eine weitere Erinnerung mit Mannheim: nämlich dass ich jene Reise, jene Nachforschungen, jene Entdeckungen in Begleitung des armen Gérard de Nerval[101] gemacht hatte.

Das war im Jahre 1838. Zu dieser Zeit waren bei ihm noch keinerlei Anzeichen von geistiger Umnachtung zu erkennen; seinen Freunden war allerdings klar, dass die mentale Schranke, die bei ihm die Vorstellungskraft vom Wahnsinn trennte, durchlässig war und die Vorstellungskraft zuweilen ohne sein Wissen Ausflüge auf das Territorium ihres Nachbarn machte.

Ich hingegen war weit davon entfernt, diese Neigung zu erahnen, und da mein logischer Geist es schätzt, wenn die Dinge wohlbegründet sind, hatte ich endlose Diskussionen mit ihm, die stets auf folgende Worte hinausliefen und die letztlich mehr waren als eine Vorhersage, sondern eine Realität beschrieben: «Mein lieber Gérard, Sie sind wahnsinnig!»

Worauf er mit seinem sanften Lächeln antwortete: «Sie sehen eben nicht, was ich sehe, lieber Freund.»

Doch ich gab nicht nach, denn ich wollte, dass er mich sehen ließ, was er sah.

Da stürzte er sich in Schlussfolgerungen so subtiler, so feinsinniger Art, dass seine Gedankengänge mir vorkamen wie Rauchschwaden, die der Wind in alle Richtungen verweht und die, nachdem sie das Aussehen eines Berges, einer Ebene, eines Sees angenommen haben, sich am Ende verflüchtigen und vergehen wie Dunst.

Zwei Jahre später war der Arme ganz und gar wahnsinnig, doch war sein Wahnsinn sanft, poetisch, träumerisch und ging nur sehr wenig über seinen normalen

Zustand hinaus; gebrochen war lediglich jene Schranke, von der ich gesprochen habe, weiter nichts.

Eines Tages suchte mich ein gemeinsamer Freund auf.

«Was haben Sie?», fragte ich, noch ehe er überhaupt den Mund aufgemacht hatte.

«Heute Morgen ist ein großes Unglück geschehen!»

«Was ist passiert?»

«Man hat unseren armen Gérard gefunden – erhängt.»

«Wo hat man ihn gefunden?»

«In der Rue de la Vieille-Lanterne.»

«Freitod oder Mord?»

«Ich weiß es nicht. Er hatte die Nacht in einem verrufenen Haus in dieser verruchten Straße zugebracht, und heute Morgen hat man ihn an einem Fenstergitter mit dem Band einer Küchenschürze erhängt gefunden.»

«Sehen wir uns den Ort des Geschehens an.»

«Gerne! Ich habe einen Wagen vor der Tür, kommen Sie.»

Und wir brachen auf.

Zwischen der Place du Châtelet, glaube ich, und dem Hôtel de Ville zog sich eine elende, widerwärtige, verdreckte Straße hin, die als Rinne zu einem vergitterten Abfluss diente, in den bei Regen das Wasser wie ein Sturzbach über die Stufen einer glitschigen Treppe hinabschoss. Diese Treppe war mit einem Eisengeländer versehen, und auf diesem Geländer krächzte der Rabe eines Schlossers, aus dessen von Feuer und Lärm erfüllter Werkstatt Schlackefunken zur Tür herausstoben.

Über den drei letzten Stufen dieser Treppe erhob sich ein düsteres Rundbogenfenster, das wie bei einem Gefängnis mit Eisenstäben versehen war; an einem der Querstäbe des Gitters war der arme Gérard erhängt gefunden worden.

Die Häuser am anderen Ende der Straße wurden gerade abgerissen.

In der Mitte stand das Haus oder eher die Spelunke, wo Gérard die Nacht zugebracht hatte.

Eines der ersten Zeichen des Wahnsinns ist, dass man sich vernachlässigt.

Es gibt so gut wie kein Beispiel dafür, dass ein Wahnsinniger an den gewöhnlichen Reinlichkeitsgepflogenheiten festgehalten hätte. Die Reinlichkeit ist mehr als ein natürliches Bedürfnis, sie ist ein Gesetz der Zivilisation.

Die Spelunke war geschlossen, doch durch die Fenster und Türen war die Unruhe im Inneren zu spüren. Es schien, als erwarteten die Bewohner einen Besuch der Polizei.

Dieser Besuch fand nicht statt. Ich weiß nicht, warum, denn viele von Gérards Freunden sind der Meinung, dass sein Tod nicht auf Selbstmord zurückzuführen ist.

Selbstmord oder nicht, letztlich hatte sich der arme Gérard aufgemacht in das Land seiner Träume – was mich nicht hinderte, noch drei oder vier Jahre nach seinem Tod, als ich nach Mannheim kam, so entschieden auf seinen Arm gestützt zu gehen, als wäre er noch am Leben.

Was für eine wunderbare Sache die Erinnerung doch ist!

Angenommen, es gäbe Seelenwanderung, dann hätte Gott an dem Tag, da er zuließe, dass die Erinnerung nicht zusammen mit dem Leichnam in die Todesgruft hinabsinkt, dem Menschen die Unsterblichkeit verliehen.

Es bedurfte der holden Melodie der Stimme meiner Reisegefährtin, um mich in die Wirklichkeit zurückzurufen.

Mannheim war, wie gesagt, das Ziel unserer Reise. In Mannheim nämlich wollte sie die große Bühnenkünstlerin aufsuchen, derentwillen sie hergekommen war. Lilla hatte es so eilig, sich über ihr Wohlergehen Gewissheit zu verschaffen, dass sie sich entschloss, ihr noch auf der Stelle einen Besuch abzustatten, obwohl es schon acht Uhr abends war.

In Mannheim gibt es keine Droschken. Ich bot ihr meinen Arm, den sie auch nahm, und so gingen wir die Straßen entlang, in denen die Gasbeleuchtung noch nicht Einzug gehalten hatte, und gelangten, nachdem wir Erkundigungen eingeholt hatten, zu Madame Schröders Wohnsitz.

Der befand sich natürlich am anderen Ende der Stadt.

Unterwegs begegneten wir immer wieder kleinen Gruppen: Es waren Bürger, ihre Gattinnen und Kinder, die allesamt von ihren abendlichen Unternehmungen heimkehrten. In Mannheim kehrt man also um neun Uhr von einer Abendgesellschaft heim.

Und so verstand ich auf einmal Picards «La petite ville» und noch besser das Stück von Kotzebue, von dem Picard sich hat inspirieren lassen.[102]

O redliche Stadt, stille Stadt, ruhige Stadt, in der man um neun Uhr von Abendgesellschaften nach Hause zurückkehrt, jedermann um zehn Uhr im Bett liegt und die Frauen – gute Familienmütter, die keine Zeit verschwenden wollen – während der Theatervorstellung stricken!

Schließlich kam ein kleines, einsames Haus in Sicht. Wir hatten bei jeder der erwähnten Gruppen um Auskunft gebeten, und die jeweiligen Auskünfte hatten uns dorthin geführt.

Etwas beschämt klopften wir an die Tür. Von der großen Jesuitenkirche schlug es neun Uhr, das war eine recht unschickliche Zeit. Unsere einzige Hoffnung war, dass eine alte Tragödin, wie sie es war, die Gewohnheiten des Theaters beibehalten hatte und erst um elf Uhr zu Bett ging.

Unsere Hoffnung hatte uns nicht getrogen: Madame Schröder war nicht nur keineswegs im Bett, sondern durchaus bereit, uns zu empfangen, da ihr der Name meiner Reisegefährtin bekannt war.

Wir wurden in einen kleinen Salon geführt, wo die älteste der deutschen Tragödinnen, die Frau, der all die herzoglichen, königlichen, kaiserlichen Hände der Fürsten und Herrscher des Nordens Beifall gezollt hatten, mit ihrer Lektüre beschäftigt an einem von einer Lampe erhellten Tisch beim Feuer saß und eine dicke Katze streichelte, die auf ihren Knien lag. Und man stelle sich vor: Trotz ihrer siebzig Jahre las sie ohne Brille.

Als sie uns eintreten hörte, erhob sie sich und trat zwei Schritte auf uns zu, mit dem gelassenen und milden Lächeln eines genialen Menschen, der seine Aufgabe erfüllt hat.

Lilla warf sich tief bewegt in ihre Arme, und ich glaube, dass der großen Künstlerin dieses Verhalten geradeso lieb war wie die ehrerbietigsten Bezeugungen deutscher Höflichkeit, die ja die steifsten aller Höflichkeitsäußerungen sind.

Dann nannte meine Begleiterin meinen Namen, und ein äußerst ausdrucksvolles «Oh!» kam Madame Schröder über die Lippen.

«Ach!», sagte sie in schlechtem Französisch, «ich habe schon viel von Ihnen gehört, mein lieber Monsieur Dumas! Zunächst von einem meiner Söhne, dem Pastor, der Sie aus tiefster Seele verehrt, sodann von meinem Sohn, dem Künstler, der Sie übersetzt und Ihre Stücke spielt, und schließlich von meiner Tochter, der Sängerin, die Sie in Paris gesehen und Ihre Bekanntschaft gemacht hat, nicht wahr?»

«Genauso ist es, Madame», antwortete ich, «und es ist die Hoffnung, Ihnen nicht gänzlich fremd zu sein, die mir die Kühnheit verliehen hat, zu dieser Stunde bei Ihnen vorstellig zu werden.»

«Zu dieser Stunde!», wiederholte sie. «Wirklich, Sie behandeln mich ein wenig zu sehr wie eine Einwohnerin Mannheims. Sie vergessen, dass ich in Hauptstädten der Welt zu Hause war und fünfzig Jahre meines Lebens in Wien, Berlin, München und Dresden verbracht habe. Nein, Sie sehen ja, ich war bei meiner Lektüre.»

Und sie wies auf das Buch, das umgedreht auf dem Tisch lag.

«Verzeihen Sie meine Neugier, Madame», sagte ich, «aber was lesen Sie da?»

«Eine neue Tragödie, in der ich eine recht schöne Rolle gehabt hätte, wenn ich noch Tragödien spielen würde: ‹Der Graf von Essex›[103].»

«Ach ja, von Laube», erwiderte ich.

«Wie? Sie kennen sie?», fragte Madame Schröder erstaunt.

«Aber gewiss kenne ich sie», antwortete ich lachend, «wie ich auch alles kenne, was in Russland und in England entsteht.»

«Dann können Sie also Deutsch?»

«Nein, aber ich habe einen Übersetzer.»

«Ach!», seufzte Madame Schröder und schüttelte den Kopf, «unser armes Theater steht auf sehr niedrigem Niveau! Mit Autoren wie Schauspielern geht es bergab, alles kommt jetzt aus Frankreich. Unsere Großen sind dahin. Ich habe Iffland[104] gesehen, ich habe Schiller gesehen, ich habe Goethe gekannt, es ist Zeit, dass ich mich zu ihnen geselle. Dort oben werde ich bessere Gesellschaft haben als hier auf dieser Erde … Aber verzeihen Sie, ich lasse mich gehen, das sind die Klagen einer alten Frau. Nun sind Sie hier, meine Kinder, seien Sie willkommen.»

Sie umfing Lilla und mich mit einem liebevollen Blick.

Ich reichte Lilla meine Hand, die sie lächelnd ergriff.

«Es ist an Ihnen zu sprechen», sagte ich zu meiner Reisegefährtin, «sprechen Sie ruhig Deutsch und kümmern Sie sich nicht weiter um mich. Ich werde mich, während Sie miteinander sprechen, damit beschäftigen, diesen Raum in meinem Gedächtnis fotografisch festzuhalten.»

Lilla setzte sich neben Madame Schröder, legte die Hand in die ihre und erklärte ihr den Zweck ihres Besuches.

Die alte Künstlerin hörte sie mit geduldiger und wohlwollender Aufmerksamkeit an. Als Lilla geendet hatte, antwortete sie: «Nun denn, sprechen Sie mir doch etwas auf Deutsch vor. Was kennen Sie von den großen Meistern?»

«Alles.»

«Fangen wir mit ‹Kabale und Liebe›[105] an.»

Lilla legte die Hand aufs Herz – ihr Herz klopfte, wie es das selbst vor erlauchtestem Publikum nicht getan hatte – und begann.

Ich kannte «Kabale und Liebe» auswendig, sodass mir kein Wort von dem entging, was die Künstlerin vortrug, und da ich kein Ohr hatte für die kleinen Fehler ihrer Aussprache, war ich hingerissen von ihrer schlichten und bewegenden Vortragsweise.

Madame Schröder hörte ebenso zu und machte ihr häufig Zeichen der Ermunterung.

Als Lilla endete, sagte sie: «Lassen Sie uns jetzt etwas in Versen hören.»

Lilla trug eine Stelle aus der «Braut von Messina»[106] vor.

«Gut …! Recht so! *Brava!*», sagte Madame Schröder, während sie lauschte. «Nun ‹Gretchen am Spinnrad›[107], dann ist es gut.»

Lilla setzte sich hin, beugte den Kopf zur Wand zurück und rezitierte das ganze Lied, das mit den Worten beginnt: «Meine Ruh' ist hin», und sie trug es mit einer solchen Traurigkeit, mit derart tiefer Schwermut vor, dass mir die Tränen in die Augen traten und dieses Mal ich es war, der zuerst Beifall klatschte.

Madame Schröder hatte mit großem Ernst zugehört; sie war sich bewusst, dass ihre Worte ein Urteilsspruch waren.

«Wenn Sie hierhergekommen sind, um Komplimente entgegenzunehmen, mein liebes Kind», so sagte sie, «dann begnüge ich mich damit, Ihnen zu sagen: ‹Das war sehr gut.› Aber Sie sind gekommen, um Rat von mir zu erbitten, darum sage ich Ihnen: Sie müssen sechs Monate an sich arbeiten, eifrig, gewissenhaft und ausdauernd an sich arbeiten, und nach diesen sechs Monaten werden Sie Deutsch sprechen wie eine Sächsin:[108] Können Sie sich sechs Monate Zeit nehmen für diese Arbeit?»

«Ich hatte mit einem Jahr gerechnet», antwortete Lilla.

«Dann sind Sie sich Ihrer Sache also sicher. Aber mit wem werden Sie arbeiten?»

Mit bezaubernder Anmut sank Lilla vor Madame Schröder auf die Knie.

«Ich habe eine Hoffnung gehegt!», sagte sie, während sie die Hände faltete und sie mit einem Ausdruck innigsten Flehens ansah.

«Ah! Ich verstehe: Da soll ich wohl Ihre Lehrmeisterin sein?»

Lilla nickte bedächtig.

Niemand konnte verführerischer sein als sie in diesem Moment, mit ihren großen blauen Augen, die auf die der großen Künstlerin gerichtet waren.

Und so nahm Madame Schröder diesen bezaubernden Kopf in ihre Hände und sagte, während sie sich anschickte, Lilla auf die Stirn zu küssen: «Nun denn, es ist ausgemacht, Sie werden meine letzte Schülerin sein.»

«Oh! Und eine höchst dankbare, das schwöre ich!», rief Lilla und bedeckte das Gesicht der alten Tragödin mit Küssen.

Um Mitternacht brachen wir auf. Wir kehrten ins Hotel zurück. Lilla war trunken vor Glück.

Am folgenden Tage nahmen wir Abschied voneinander.

Ich habe Lilla seit jener Zeit nicht wiedergesehen.

Doch im vergangenen Juli erhielt ich folgenden Brief:

Mein guter und lieber Freund,
erlauben Sie mir, Ihnen Mitteilung zu machen von meinem Glück: Ich habe unlängst in den bedeutendsten Theatern Deutschlands die wichtigsten Meis-

terwerke unserer großen Dramatiker auf Deutsch gespielt. Dank des Unterrichts bei Madame Schröder habe ich ungeheuren Erfolg gehabt. Alle meine künstlerischen Hoffnungen sind damit in Erfüllung gegangen.

Ich schreibe Ihnen aus Ostende, wo ich es genieße, im Meer zu baden. Wenn ich glauben könnte, dass Sie sich noch an Ihre Reisegefährtin erinnern, würde ich Ihnen sagen: Kommen Sie mich besuchen.

Seien Sie in jedem Fall, ob ich Sie nun wiedersehe oder nicht, der geschwisterlichen Zuneigung versichert, die ich Ihnen bewahre.

Meinem Sohn geht es gut, und er ist entzückender denn je. Seit zwei Jahren kennt er Ihren Namen; in zehn wird er Ihre Werke kennen.

Wenn ich Ihnen Adieu sagen müsste, geschähe das zu meinem größten Bedauern. – Deshalb sage ich lieber: Auf Wiedersehen!

L. B.***

Meine erste Regung war, aufzustehen, zur Polizei zu laufen und mir dort meinen Pass aushändigen zu lassen.

Doch entgegen meiner Gewohnheit widerstand ich dieser ersten Regung.

Immerhin war die zweite, dieses Mal die bessere, unmittelbar auf die erste gefolgt, und die sagte mir ganz leise: «Wozu wohl? Deine Liebe zu ihr wird nicht größer sein, als wenn du sie wie eine gute Freundin liebst; und du weißt, dass es sinnlos ist, sie auf andere Weise zu lieben.»

Anhang

Anmerkungen

1 Moritz Gottlieb Saphir (1795–1858), deutschsprachiger Journalist und satirischer Schriftsteller. Einige seiner Schriften erschienen auf Frz. in Dumas' Zeitschrift *Le Mousquetaire*.

2 Ein Hut mit breitem Schattendach; der Ausdruck ist verbürgt.

3 Lilla Bulyowsky (1834–1909), ungar. Schauspielerin, später engagiert am Hoftheater in Dresden und in München, Gastspiele am Wiener Burgtheater und am Berliner Hoftheater.

4 *Catherine Howard* (1834) war beim Publikum beliebt, bei der Kritik aber nur mäßig erfolgreich. *Mademoiselle de Belle-Isle* (1839) war eines der erfolgreichsten Theaterstücke von Dumas.

5 Alphonse de Lamartine (1790–1869), politisch engagierter romantischer Dichter und Schriftsteller, den Dumas sehr verehrte, wie er seinerseits Dumas.

6 Jean-Baptiste Alphonse Karr (1808–1890), frz. Journalist, Schriftsteller und Satiriker.

7 *La dame aux camélias* (1848), Roman von Dumas' Sohn Alexandre Dumas d. J. (1824–1895). Später von ihm auch zu einem gleichnamigen Bühnenstück (1852) umgearbeitet, das wiederum als Vorlage für Verdis *La Traviata* (1853) diente.

8 Marie-Charlotte-Eugénie de Plunkett, verheiratete Madame Doche (1821–1900), ursprünglich Vaudeville-Schauspielerin, dann seriöse Darstellerin.

9 Die frz. Redensart lautet: *D'une mauvaise paye on tire ce qu'on peut.*

10 Die führenden Schauspieler werden als *étoiles*, frz. «Sterne», also Stars bezeichnet.

11 Elisa-Rachel Félix (1821–1858), die wohl berühmteste Schauspielerin im Paris des 19. Jh.

12 Adelaide Ristori (1822–1906), ital. Schauspielerin, die ab 1855 immer wieder zu Gastspielen nach Paris kam.

13 Hier irrt Dumas, in *Die Leiden des jungen Werther* (1774) gibt Johann Wolfgang von Goethe (1749–1832) keinen genauen Schauplatz an, aber es ist doch eher eine Kleinstadt.

14 Sophie Antonie Schröder (1781–1868), eine der bedeutendsten dt. Schauspielerinnen des 19. Jh.

15 Karl August Devrient (1797–1872), eigentlich der Schwiegersohn der Sophie Antonie Schröder; Haupttätigkeit am Hoftheater in Hannover.

16 Dumas verfährt mit fremdländischen Namen nicht sehr sorgfältig: Bei ihm heißt die Kirche Sankt Gedeon. Weitere Irrtümer haben wir stillschweigend korrigiert.

17 Faro ist ein sizilianischer Wein, Lambic eine belg. Biersorte.

18 Peter Paul Rubens (1577–1640), Anton van Dyck (1599–1641), beide flämische Barockmaler.

19 Marie-Félicité-Denise Moke (1811–1875), Frau des frz. Klavierfabrikanten Joseph-Etienne-Camille Pleyel (1788–1855). Pleyel ist bis heute die berühmteste Klaviermanufaktur Frankreichs, hat aber ebenfalls unlängst aufgeben müssen. Sie war der letzte Überlebende der hundertdreiundneunzig Klavierhersteller, die 1848 in der «Pianopolis» Paris existierten.

20 Franz (Ferenc) Liszt (1811–1886), Klaviervirtuose und Komponist ungar. Herkunft, Schwiegervater von Richard Wagner.

21 *Kean* (1836), Komödie von Dumas in fünf Akten.

22 María de la Felicidad Malibran, geb. García (1808–1836), weltberühmte frz. Opernsängerin (Mezzosopran). *La Malibran* genannt, gilt sie als erste Diva der Operngeschichte mit Auftritten in Europa und den USA.

23 Marie Dorval (1798–1849), für die Romantiker die größte frz. Schauspielerin ihrer Generation.

24 In Wien war es Franz Liszt, der sie dem Publikum als Pianistin vorstellte.

25 Mit dem Staatsstreich vom 2. Dezember 1851 wurde Frankreich zu einer Diktatur, im Jahr darauf begann das Zweite Kaiserreich unter Napoleon III. Viele Oppositionelle gingen ins Exil oder wurden verbannt. Dumas verließ das Land allerdings aus einem anderen

Grund: Ein Gericht machte ihn für den Bankrott des Théâtre-Historique verantwortlich und wollte ihn haftbar machen.

26 Gemeint ist die Antonia aus E. T. A. Hoffmanns Erzählung *Rat Krespel* (1818); sie darf wegen ihrer angegriffenen Gesundheit nicht mehr singen, wird aber zum Gesang verführt und geht daran zugrunde.

27 *Mémoires d'un médecin*, erster Teil, *Joseph Balsamo*, erschienen in der Zeitschrift *La Presse*, Mai 1846 bis September 1847. Dort auch *Une séance de magnétisme chez M. Alexandre Dumas*.

28 Isis, ägypt. Göttin der Geburt, Wiedergeburt, aber auch Totengöttin. Kybele, Große Göttermutter, verehrt in Griechenland und später als Mater Deum Magna Gegenstand eines Mysterienkults im ganzen Römischen Reich.

29 Jules Michelet (1798–1874), von Dumas sehr geschätzter Historiker, Autor der vielbändigen *Histoire de France*, die im Zeitraum von 1833 bis 1867 erschien. Dumas druckte Teile daraus in seiner Zeitschrift *Le Monte-Cristo* ab.

30 *Impressions de voyage* (dt. «Reiseberichte»), Titel mehrerer Veröffentlichungen Dumas'. Gemeint ist hier *Eine Reise an die Ufer des Rheins* (1841).

31 *Le bifteck d'ours* (dt. «Das Bärensteak», 1833), zuerst erschienen in der *Revue des deux mondes* (dt. «Zeitschrift der beiden Welten»). Die zweite Welt ist Amerika, und vermutlich deshalb die «Rückkehr» des Artikels aus Amerika, 1834 erneut abgedruckt in *Impressions de voyage*.

32 Nicolas Boileau (1636–1711), frz. Dichter, Schriftsteller und Satiriker.

33 Theodor Körner (1791–1813), dt. Dichter und Dramatiker.

34 Napoleons Antwort auf die Seeblockade durch die Engländer: eine Einfuhrblockade für alle brit. Waren nach Kontinentaleuropa.

35 Lat. «Hört und versteht (die Lehren)», Mt 15,10.

36 Anne-Françoise-Hippolyte Boutet (1779–1847), genannt «Mademoiselle Mars», Schauspielerin an der Comédie-Française.

37 Margarethe von Schottland (1424–1445) soll den schlafenden Dichter Alain Chartier (um 1385 – um 1430) geküsst haben. «Nicht die

Person küsste ich, sondern den Mund, aus dem so schöne Worte erklangen.»

38 Antaios, Figur der griech. Mythologie, Sohn des Poseidon (Gott des Meeres) und der Gaia (Göttin der Erde). Im Kampf mit ihm erkannte Herkules, dass jener seine Kräfte von der Erde bezog; als er ihn hochhob, konnte er den nun Kraftlosen erwürgen.

39 Dumas spielt auf eine Variante des Don-Juan-Stoffes an, die er unter dem Titel *Don Juan de Marana* (1831) als Schauspiel gestaltet hat.

40 Juan-Manuel Ortiz de Rosas (1793–1877), Diktator in Argentinien, ging 1852 nach England ins Exil. Er unterstützte Manuel Oribe (1792–1857) bei dessen achtjähriger Belagerung von Montevideo. Dumas zollte dem Widerstand gegen diese Herrscher u. a. in seiner Schrift *Montevideo, ou une nouvelle Troie* (dt. «Montevideo, oder ein neues Troja») Tribut.

41 Bürgerlich-demokratische Februarrevolution von 1848 in Frankreich, beendete die Herrschaft des ursprünglich liberalen «Bürgerkönigs» Louis-Philippe von Orléans (1773–1850) und führte zur Ausrufung der Zweiten Französischen Republik.

42 Melchor Pacheco y Obes (1809–1855), führende Gestalt der revolutionären Bewegung von Montevideo, 1849 als Botschafter von Uruguay nach Paris entsandt.

43 Louis Martel, genannt Ludovic d'Horbourg (geb. 1808), Sohn der Marie-Catherine-Joseph Martel, zwanzig Jahre später von seinem Vater Amédée-Frédéric d'Horbourg als legitimer Sohn anerkannt, als jener seine frühere Geliebte ehelichte. Der Sohn war eine Zeit lang bei Dumas Sekretär.

44 Publius Cornelius Scipio «Africanus» (235–183 v. Chr.), Spross einer röm. Patrizierfamilie, u. a. im Krieg gegen Karthago erfolgreicher Feldherr. Anders als 150 Jahre später Cäsar, mit dem die Republik zu Ende gehen sollte, zog er sich, vom Senat wegen zu großer Machtfülle angefeindet, ins freiwillige Exil zurück.

45 Lucius Quinctius Cincinnatus (5. Jh. v. Chr.) wurde zweimal zum Diktator berufen, um das röm. Vaterland zu retten, und kehrte dann zur Landwirtschaft zurück. Daher galt er als vorbildlicher Führer.

46 War Lamartine (vgl. Anm. 5) noch 1848 Oberhaupt der provisorischen Regierung, so musste er ab 1859 seinen Lebensunterhalt durch Schreiben verdienen.

47 Maximilien-Sébastien Foy (1775–1825), Jean-Maximilien Lamarque (1770–1832), Édouard de Fitz-James (1776–1838): frz. Militärs und Politiker, die sich durch flammende Reden auszeichneten.

48 Lat. «Stiller Tropfen», frühere Bezeichnung für Blindheit unbekannter Ursache.

49 Frz. «Fliegende Fliegen», Sehstörung, bei der kleine, schwarze Flecken wahrgenommen werden.

50 Ein Stern im Sternbild Stier.

51 «Hofseite» und «Gartenseite», im frz. Theater so gebraucht für links und rechts (vom Zuschauer aus gesehen), um sich etwa bei Regieanweisungen unabhängig von der Position des Sprechenden bzw. Hörenden zu orientieren.

52 *Paul et Virginie* (1788), empfindsamer Roman von Jacques-Henri Bernardin de Saint-Pierre (1737–1814). Zu *Werther* vgl. Anm. 13.

53 Louis-Godefroy Jadin (1805–1882), Landschaftsmaler, später Tiermaler, hatte Dumas auf mehreren Reisen begleitet. Milord ist ein Hund, der in mehreren Büchern von Dumas vorkommt.

54 Gilbert-Louis Duprez (1806–1896), frz. Tenor, der hauptsächlich in Neapel sang, aber auch an der Pariser Oper. Giuseppe Persiani (1799–1869), ital. Komponist. Zu Malibran vgl. Anm. 22.

55 Vorbild für Maria D... war die österr.-ungar. Bühnenkünstlerin Caroline Unger (oder Ungher) (1803–1877); sie gilt neben der Malibran (vgl. Anm. 22) als bedeutendste Sängerin des klassischen Belcanto-Zeitalters und ist zudem die einzige Sängerin aus dem dt. Sprachraum, die auch in Italien große Popularität erlangte. Vincenzo Bellini (1801–1835) und Gaetano Donizetti (1797–1848) schufen speziell Opern für sie. Viele ihrer Liebesbriefe an Dumas sind erhalten.

56 Oper von Bellini, 1831 in Mailand uraufgeführt.

57 Figur aus Wolfgang Amadeus Mozarts (1756–1791) Oper *Don Giovanni* (1787).

58 Henri-Catherine-Camille, Vicomte de Ruolz-Montchal (1808–1887), Komponist und später erfolgreicher Chemiker, Freund Du-

mas'. Letzterer schrieb über ihn den Aufsatz *Un alchimiste au XIX siècle*.

59 Maltes. einmastiges Segelschiff.

60 Ort in Schottland, der nach Verschärfung der Heiratsgesetze in England (1754) Minderjährigen (Jungen ab 14 Jahren, Mädchen ab 12 Jahren) auch ohne Zustimmung ihrer Eltern die Ehe ermöglichte. Die Trauung wurde oft von einem Schmied vollzogen.

61 Stadtteil im Zentrum von Neapel.

62 Ital. «Auch ich bin ein Maler». Zitat von Antonio Allegri da Correggio (1489–1534), Maler der ital. Renaissance.

63 Ital. «Wer will, geht selbst; wer nicht will, schickt jemanden».

64 Aus dem Epos *Das befreite Jerusalem* von Torquato Tasso (1544–1595). Ubaldo gelingt es, in den Zauberwald einzudringen, in dem Armida, die Zauberin, Rinaldo gefangen hält.

65 Leichte Kutsche mit einem Pferd, der Kutscher lenkt im Stehen.

66 Louis-Sébastien Mercier (1740–1814), frz. Schriftsteller, Dramatiker und Journalist. Im fortgeschrittenen Alter soll er gesagt haben: «Was mich noch am Leben hält, ist die Neugier.»

67 *La Muette de Portici* (1828), Oper in fünf Akten von Daniel-François-Esprit Auber (1782–1871).

68 Stadt am Kaspischen Meer, Reminiszenz an die Reise Dumas' durch Russland und den Kaukasus.

69 Saltarello, von ital. *saltare*, «hüpfen». Lebhafter Tanz.

70 Ital., wahrscheinlich Seemannssprache für «sehr schnell die Segel setzen» (*sparare*, «schießen»; *vela*, «Segel»). Denkbar wäre aber auch eine falsche Transkription des Ausdrucks *spiegare le vele*, «in See stechen».

71 Auguste Barbier (1805–1882), frz. Dichter. Dumas könnte *Il Pianto* zitiert haben, das 1833 nach einer Italienreise des Poeten erschien.

72 Ital. «Sturm».

73 Ital. «Alles runter!».

74 Vgl. Spr 31,25, wo die Eigenschaften einer vollkommenen Frau beschrieben werden.

75 Ital. «Es besteht doch keine Gefahr, Kapitän?» – «Nein, nein, seien Sie unbesorgt, Signora.»

76 Ital. «Schirokko», mediterraner Wind, der aus der Sahara kommt und in Südeuropa und Nordafrika Orkanstärke erreichen kann. Mit *mistrale,* auf Ital. eigentlich *maestrale*, ist der Mistral gemeint, ein kühler Nordwestwind, der normalerweise in Südfrankreich weht.

77 Ital. «Diesmal besteht Gefahr».

78 Ital. «Die Gefahr ist vorüber».

79 Mythologischer Gott der Winde.

80 Skylla und Charybdis, zwei Meeresungeheuer, die zu beiden Seiten der Meerenge von Messina hausten und vorbeifahrende Seefahrer ins Verderben rissen. Skylla fraß sechs der Gefährten des Odysseus, als sich ihr Schiff von Charybdis fernhalten wollte.

81 Es dürfte sich um die Oper von Gioachino Rossini (1792–1868) handeln, 1816 in Neapel uraufgeführt.

82 Vgl. Anm. 44.

83 Einwohner der Region Touraine, deren Zentrum die Stadt Tours ist; die Aussprache des Frz. dort ist Standard geworden – in Paris dagegen spricht das Volk durchaus Mundart.

84 Altes Würfelbrettspiel, im Dt. auch Puff genannte Variante des Backgammon.

85 Sie spielten um Gläser Absinth und Tassen Kaffee, die aber nicht alle getrunken wurden. Der Gegenwert in Geld ermöglichte dem jungen Dumas die Verwirklichung seines Traumes, nach Paris aufzubrechen und dort sein Glück zu machen.

86 Jules Janin (1804–1874), frz. Schriftsteller und Literaturkritiker. Metternich (1773–1859) hatte Janin um ein Autograf gebeten. Dieser kam der Bitte mit folgendem Text nach: «Habe vom Herrn Fürsten von Metternich vierundzwanzig Flaschen Johannisberg in Spitzenqualität erhalten. Paris, den 15. Mai 1862.» Metternich schickte prompt den Wein. Diese Episode gibt Dumas in *Impressions de voyage. Excursions sur les bords du Rhin* (Paris 1869) wieder: Der Gastgeber hat also Dumas gelesen.

87 Ludwig Uhland (1787–1862), dt. Dichter, Mitglied des Schwäbischen Dichterkreises.

88 Dumas schätzte Goethe als Romanschriftsteller, über den Dramatiker Goethe machte er sich verschiedentlich lustig. Er hatte den

Plan, Goethes *Faust* zu einem Libretto für eine Oper von Franz Liszt umzuarbeiten. Es war dann Charles Gounod (1818–1893), der die Oper *Faust* (1859) komponierte, zu Deutsch *Margarethe* (1861). Das Libretto hierfür wurde von Jules Barbier (1825–1901) und Michel Carré (1821–1872) gestaltet, basierend auf Carrés Theaterstück *Faust et Marguerite* (1850), das auf Goethes *Faust* zurückgeht.

89 Euripides (um 480–406 v. Chr.), griech. Tragödiendichter, *Iphigenie in Aulis*.

90 Jean Racine (1639–1699), neben Molière (1622–1673) und Corneille (1606–1684) einer der drei großen frz. Dramatiker des 17. Jh. Seine *Iphigénie* wurde 1674 in der Orangerie von Versailles uraufgeführt. Louis-Henri de Pardaillan de Gondrin, Marquis de Montespan (1640–1691 oder 1701). Seine Frau, Françoise-Athénaïs de Rochechouart de Mortespan (1640–1707), war eine der bevorzugten Mätressen Ludwigs XIV.; der König hatte mehrere Kinder mit ihr.

91 Dumas meint sicher Friedrich Wilhelm III. (1770–1840), Vater des Kronprinzen, siehe Ende des Kapitels.

92 Anspielung auf das Drama von Victor Hugo (1802–1885), 3. Akt, 4. Szene. Dumas nimmt jede Gelegenheit wahr, um seinen Freund Hugo, der sich im Exil befindet, ermutigend zu erwähnen.

93 Kaiser Wenzeslaus oder Wenzel (1361–1419), eigentlich röm.-dt. König, Sohn Karls IV. (1316–1378), schon als Kind gekrönt, trug er den Beinamen «der Faule» und wurde als untauglich abgesetzt. Als Nachfolger wurde Ruprecht (1352–1410) aus dem Hause Wittelsbach zum König gewählt.

94 Pierre-François-Léonard Fontaine (1762–1853), frz. Architekt, der für Napoleon und Louis-Philippe arbeitete. Phidias (um 500 – um 430 v. Chr.), antiker Bildhauer, Vertreter der griech. Hochklassik.

95 Vgl. Anm. 80.

96 Frz. Originaltitel *Le chapeau d'un horloger* (1854), Komödie in einem Akt von Delphine de Girardin (1804–1855). Der Diener Amédée lässt eine Pendeluhr fallen und sagt, sie schlage irrwitzige Stunden.

97 Abermals Anspielung auf *Hernani*, 2. Akt, 2. Szene (vgl. Anm. 92). Don Carlos stellt die Frage «Wie viel Uhr ist es?», was bei der Premiere als allzu prosaisch für ein klassisches Drama kritisiert wurde.

98 Anspielung auf die griech. Göttin Ananke, lat. Necessitas, Göttin der Notwendigkeit, bei Horaz als weibliche Figur mit diamantenen Nägeln und Keilen in der Hand beschrieben, zuweilen auch mit Joch und Schwert.

99 Vgl. Anm. 13.

100 August von Kotzebue (1761–1819), dt. Dramatiker und Schriftsteller, auch als russ. Generalkonsul tätig, wurde von dem dt. Burschenschafter und Theologiestudenten Karl Ludwig Sand (1795–1820) ermordet. Dumas verfasste ebenfalls eine Novelle über Sand.

101 Gérard de Nerval, Pseudonym für Gérard Labrunie (1808–1855), Dichter der frz. Romantik. Von ihm stammt eine berühmte Übersetzung von Goethes *Faust*, die Hector Berlioz (1803–1869) auszugsweise vertonte.

102 Louis-Benoît Picard (1769–1828), frz. Theaterdichter, verfasste eine frz. Adaptation der Komödie *Die deutschen Kleinstädter* (1803) von August von Kotzebue. Dieser wiederum hatte Picards *La petite ville* zuvor unter dem Titel *Die französischen Kleinstädter* übersetzt und sich für sein Stück davon inspirieren lassen.

103 Trauerspiel in fünf Akten (1856), von Heinrich Laube (1806–1884), dt. Dramatiker und Romancier, auch als Theaterdirektor tätig.

104 August Wilhelm Iffland (1759–1814), als Dramatiker seinerzeit so bekannt wie Friedrich Schiller (1759–1805) und Goethe. Dumas erstellte mithilfe seines Übersetzers Max de Göritz frz. Adaptationen mehrerer Stücke von Iffland.

105 *Kabale und Liebe* (1784), Drama von Schiller.

106 *Die Braut von Messina* (1803), Drama von Schiller.

107 Aus Goethes *Faust I.*

108 Ein Irrtum von Dumas: Zwar entstammt das Hochdeutsche der sächs. Amtssprache, die Aussprache kann Madame Schröder jedoch nicht gemeint haben.

Nachwort

Er war ein Koloss in jeder Hinsicht, körperlich wie geistig, maßlos im Schreiben und im Aufschneiden, unersättlich in seinem Appetit und in seinem Verzehr von Frauen. Alexandre Dumas *père*, zur Unterscheidung von seinem gleichnamigen Sohn von Verehrern auch gern der Große genannt, ist der populärste französische Schriftsteller des 19. Jahrhunderts, ein literarischer Fließbandarbeiter, der über sechshundert Werke verfasste (je nach bibliografischer Zählung sechshundertsechs oder auch sechshundertsechsundvierzig) und manchmal an drei, vier Romanen gleichzeitig saß.

Theater, Poesie, Romane, historische Erzählungen, Reiseberichte: Alexandre Dumas hat alles geschrieben – und alles erlebt. Er war ein einziger Erzählfluss, eine schäumende, wirbelnde Kraft, in der Leben und Werk verschmolzen, weil er sich weigerte, das eine dem anderen zu opfern. Freunde? Er kannte alle Berühmtheiten seiner Zeit: François-René de Chateaubriand, Alphonse de Lamartine, Victor Hugo, Charles Nodier, Honoré de Balzac, Gérard de Nerval, Heinrich Heine, George Sand, Franz Liszt, Herzog Ferdinand von Orléans … eine unendliche Liste. Frauen? Unzählige: Schauspielerinnen, Damen der feinen Gesellschaft, Dienstmädchen, Bäckerinnen, Wäscherinnen.

Stets auf der Jagd nach Ruhm und Geld, sonnte er sich in der Bewunderung einer literarischen Welt ohne Grenzen, bis nach Deutschland, Russland, Kanada und Lateinamerika reichte seine Bekanntheit, er war eine globale Marke schon zu Lebzeiten. Und eine Ikone der Republik, vom dankbaren Vaterland im Spätherbst 2002, gut 200 Jahre nach seiner Geburt, in das Allerheiligste der Nation, das Pariser Panthéon, überführt. Dort ruht der große Mann, eingemauert in der Krypta, ganz nahe bei Victor Hugo, mit dem er über 40 Jahre lang befreundet war. Außer den beiden liegen nur vier weitere Schriftsteller im Panthéon: Voltaire, Rousseau, Zola und Malraux. Was hat Dumas, dieser fantasievolle Erfinder von Mantel-und-Degen-Geschichten, heute überwiegend von Jugendlichen gelesen, in der illustren Reihe zu suchen?

Dumas, obwohl wie sein Vater, der farbige Revolutionsgeneral Thomas-Alexandre Davy de la Pailleterie, genannt General Dumas, lebenslang ein überzeugter Republikaner, ist vermutlich der erste Autor, der nicht aus überwiegend politischen Motiven vom damaligen Staatspräsidenten Jacques Chirac in die nationale Ruhmeshalle geholt wurde. Seine Aufnahme war vor allem eine Hommage an den Wegführer durch die Geschichte Frankreichs, der in seinen Dramen und Romanen die verzauberte Welt des Ancien Régime wiederauferstehen ließ und wie kein anderer das kollektive Gedächtnis des französischen Volkes prägte.

Er trug die romantische Revolution ins Pariser Theater, zum Beispiel mit seinem ersten Riesenerfolg *Antony*, uraufgeführt am 3. Mai 1831. Und er erfand, um die Massen zu bilden, historische Romane, die in die Sphäre literarischer Mythen erhoben wurden. Generationen junger Franzosen sind mit den *Drei Musketieren* und dem *Grafen von Monte Christo* aufgewachsen. Wie Marcel Proust, wenn auch mit anderen Mitteln, begab sich Dumas auf die Suche nach der verlorenen Zeit. Er wollte, so sagte er selbst, in seinen Romanen «das Drama Frankreichs von Karl VI. bis zu unseren Tagen» schreiben. Und er erzählte für breite Schichten, lebhaft und mit pointierten Dialogen wie im Theater – ein kleiner Umsturz in einem Land, das seit der Klassikerblüte des 17. Jahrhunderts Theater und Literatur als etwas Sakrales, also Erstarrtes, verehrte. Nicht mehr Corneille und Racine dienten durch Dumas' Wirken fortan als unverrückbare Leuchttürme der Orientierung, sondern Shakespeare, Goethe (den *Götz von Berlichingen* schätzte Dumas mehr als den *Faust*, den er gern umgeschrieben hätte), Schiller und Sir Walter Scott.

Lange, schon zu Lebzeiten, hatte Dumas unter dem Vorurteil zu leiden, dass Bestseller keine Kunstwerke sein könnten, die Popularität auf einen Makel der Qualität hindeute. Zu leicht, zu unterhaltsam, zu vergnüglich, ein «Herkules des Feuilletons», so hieß es: In Wahrheit schuf er mit seiner Farbenpracht, seinem Witz und seiner sprühenden Fantasie ein Universum, wie es viel später der Technicolorwelt des Kinos entsprungen ist. *Die drei Musketiere* sind unzählige Male verfilmt worden, zum ersten Mal 1903. *Der Graf von Monte Christo* mit seinem Mythos des ebenso furchtbaren wie barmherzigen Rächers der Ungerechtigkeit eignet sich ebenso trefflich zum Kinoklassiker.

Obwohl ein Berserker des Schreibens, ohne Pause und Stillstand, hätte Dumas sein monumentales Pensum Tausender von Seiten nicht ohne Helfer und Zuträger schaffen können. Er beschäftigte Co-Autoren und *nègres*, wie solche Ghostwriter noch heute in Frankreich genannt werden. Da er der Sohn eines Mischlings und der Enkel einer schwarzen Sklavin von den Antillen namens Louise Césette Dumas war, bedachten ihn Neider mit der boshaften Nachrede, er fabriziere Romane, die «Neger unter der Peitsche eines Mulatten» verbrochen hätten.

Moderne Biografen und Spezialisten wie Claude Schopp haben Dumas dagegen völlig neu bewertet und seine verkannte Tiefe hervorgehoben. Sie stellen Dumas als Freskenmaler neben Balzac und dessen *Comédie humaine*, halten ihn für einen der größten französischen Romanciers seines Jahrhunderts und – mit Stendhal – für einen seiner feinsten Stilisten. Er hat, so lobte Hugo seine rasende Schaffenskraft, ein strahlendes, vielfältiges, begnadetes Werk hinterlassen, eine Art Anthropologie der Franzosen in der ersten Hälfte des 19. Jahrhunderts. Heinrich Heine, mit dem Dumas ebenfalls gut befreundet war (er stand als einer der wenigen Trauernden bei dessen Beerdigung am Grab), hatte ihn mit frühem Weitblick gewürdigt: «Ihm steht zu Gebote jener unmittelbare Ausdruck der Leidenschaft, welchen die Franzosen

Verve nennen, und dann ist er mehr Franzose als Hugo: Er sympathisiert mit allen Tugenden und Gebrechen, Tagesnöten und Unruhigkeiten seiner Landsleute, er ist enthusiastisch, aufbrausend, komödiantenhaft, edelmütig, leichtsinnig, großsprecherisch, ein echter Sohn Frankreichs, der Gaskogne von Europa.» Eine wahrhaft treffende Laudatio, die vor allem eines deutlich macht: Dumas ist eine zutiefst sympathische Figur. Das ist wichtig für einen, der nicht ganz ehrlich war, der seinen Namen auch unter Texte setzte, die er nicht oder allenfalls teilweise selbst verfasst hatte. Er lenkte eine Schreibwerkstatt wie ein Künstler der Renaissance sein Maler- oder Bildhaueratelier. Oder wie ein Küchenchef seine Brigade. Manchmal fügte er am Ende nur ein bisschen Würze hinzu oder verfeinerte die Sauce. Der Geschmack aber blieb unverkennbar, jedes Mal ein Original.

Wie er schrieb, so lebte er: immer in Bewegung, manchmal auf der Flucht, eitel, prahlerisch und verschwenderisch, ein Millionär, der unter Schulden ächzte, ein Verführer und unermüdlicher, aber notorisch untreuer Liebhaber, ein guter und großzügiger Freund, ein fürsorglicher und dennoch rücksichtsloser Vater, der seinem Sohn Alexandre Dumas *fils* noch nicht einmal das Recht auf einen eigenen Namen zugestanden hatte. In seiner schillernden Widersprüchlichkeit wies Dumas manche Eigenschaften eines fröhlichen Hochstaplers auf. Doch ein Betrüger war er nicht.

Schriftsteller genießen ihr meist unscharfes Ansehen in der Gesellschaft auch und vielleicht zuallererst dadurch, dass ihre Schöpfungen in der Einsamkeit des Einzelnen entstehen. Das Genie ist ein Solitär, jedenfalls wird es so gesehen und bewundert. Es triumphiert im Alleingang. Wenn man diesen Grundsatz auf das Werk von Dumas anwendet, dann gilt: Er ist am besten, wenn er allein schreibt.

Eines seiner besten Werke und eines der seltenen, die er nachweislich allein geschrieben hat, sind denn auch seine Memoiren. Sie sind großsprecherisch, aber nicht egozentrisch, denn sie erzählen mindestens so viel von ihm selbst wie über andere, und zwar höchst einfühlsam, ja meist wohlwollend. Dumas hat Witz und Schalk, aber nicht den Sarkasmus des Boshaften. Er sieht das Glück und das Schöne, er verdrängt das Unglück und blendet das Hässliche aus.

Auch der vorliegende Bericht, *Ein Liebesabenteuer* (als hätte es kein anderes gegeben), ist autobiografisch und deshalb authentisch und wahrhaftig Dumas, wiewohl im unverkennbaren Duktus des Autors ausgeschmückt und aufgehübscht. Es ist kein Roman, noch nicht einmal eine Erzählung, und doch eine Geschichte, die überdies wie eine russische Puppe eine zweite in ihr enthält – eine sinnliche, leidenschaftliche und stürmische, die sich im Rahmen einer zärtlichen, behutsamen und platonischen herausschält. Sie hat die für Dumas typische Qualität und den für ihn typischen Mangel: Schwung und Temperament, ohne sich lange mit Reflexion und Nachdenklichkeit aufzuhalten. Jedoch, so muss man ehrlicherweise hinzufügen: Letzteres vermisst man auch nicht wirklich.

Dieses Liebesabenteuer ist 1860 erschienen, als Dumas, im damals schon gesetzten Alter von 57 Jahren, den Höhepunkt seiner Schaffenskraft bereits hinter sich hatte. Der deutsche Leser kann es jetzt in der vorliegenden Ausgabe zum ersten Mal entdecken, ein für die Übersetzung bisher übersehenes Kleinod. Die Geschichte beginnt mit der für den Theaterautoren Dumas typischen Schlichtheit: Der Vorhang hebt sich, und sogleich erfährt der Leser, wo wir uns befinden, wann, an welchem Ort, mit welchen Personen. Und sie zerfällt sofort, wiederum kann Dumas seine Herkunft vom Theater nicht verleugnen, in das flinke Tempo der Dialoge. Die Schnelligkeit der Wortwechsel und die Schlagfertigkeit treiben das Geschehen, das Zwischenmenschliche, die Interaktion ist das Ereignis. In jeder Zeile, in jeder Replik soll gewissermaßen ein Theatercoup aufblitzen.

Im September 1856, als die unbekannte, ungebetene und unangemeldete Besucherin bei ihm klingelt, wohnt und arbeitet Dumas in der Rue d'Amsterdam in Paris. Mit mindestens drei Frauen unterhält er zu jener Zeit Beziehungen: der Schriftstellerkollegin Victor Perceval (ein Pseudonym für Marie de Fernand), der blutjungen Schauspielerin Isabelle Constant und einer Bewunderin sowie Amateurdichterin aus bürgerlichen Kreisen der Provinz, Emma Mannoury-Lacour.

Natürlich verschweigt Dumas, der Erzähler, dieses komplizierte Geflecht, als die vierte potenzielle Anwärterin auftaucht. Sie stört den Schriftsteller bei der Arbeit, er hat sich jeden Besuch verbeten, aber der Diener

Théodore, gar nicht so dumm, wie von seinem Herrn behauptet, weiß nur zu gut, worauf es ankommt: Die Besucherin ist ausnehmend hübsch. Und sie hat ein Empfehlungsschreiben des österreichischen Publizisten und Satirikers Moritz Gottlieb Saphir dabei, von dem Dumas in seiner Zeitung *Le Mousquetaire* mehrere Texte veröffentlicht hatte. Saphir war in München wegen Beleidigung des bayerischen Königshauses angeklagt, verurteilt, kurz eingesperrt und ausgewiesen worden. Er ging 1831 nach Paris und machte sich dort während eines kurzen Aufenthaltes schnell durch einige Auftritte und Vorträge bekannt.

Die Besucherin stellt sich als Lilla Bulyowsky vor, ungarische Schauspielerin, Mitte zwanzig, begierig, ihren Horizont zu erweitern und sich fortzubilden. Die Kunst geht ihr über alles, deshalb hat sie die Reise von Budapest nach Paris allein unternommen. Doch sie macht von Anfang an klar: Sie ist verheiratet, sie hat einen Mann, den sie liebt, und ein Kind, das sie vergöttert. Für Dumas müsste dieser Auftakt eine Herausforderung sein: Das Spiel kann beginnen. Und der erfahrene Verführer, stattlich, berühmt und der naiven Aktrice in allen Dingen überlegen, müsste leichtes Spiel haben.

Doch gerade die kindliche Bewunderung der jungen Frau scheint den mehr als doppelt so alten Dumas zu entwaffnen. In verblüffender Umkehr des zu Erwartenden achtet er die Grenzen, die Lilla zieht. Der Reiz besteht allein darin, dass er diese Grenzen ständig mit Worten infrage stellt, nicht mit Gesten, Akten, geschweige denn durch aggressive Zudringlichkeit. Dumas kokettiert mit Lilla, unter vier Augen ebenso wie in der Öffentlichkeit, und respektiert sie. Er genießt ihre Begleitung und das Gemunkel hinter dem Rücken der beiden. Seine Freude besteht in der Illusion einer Mätresse. Ein Don Juan ohne die Ruchlosigkeit des Eroberers. Es genügt ihm, in Lillas empfängliche Seele einzudringen. Er ist der Hypnotiseur, der sein Opfer wehrlos machen kann und es gerade deshalb beschützt – der Ausweis einer geistigen Erhabenheit und einer fundamentalen Güte. Dumas spielt in diesem Stück den Part des uneingeschränkt Großzügigen.

Die Beziehung der beiden ist allerdings in keiner Weise die eines Vaters zur Tochter. Sie knistert unentwegt vor erotischer Spannung, gerade weil nichts passiert und die Schicklichkeit mit einer fast schon absurden Noblesse eingehalten wird. Auch ist Lillas Hingabe an den Meister durchaus nicht selbstlos. Mit ihrer Verehrung macht sie ihn zum chevaleresken Helfer und Reisebegleiter, von Paris über Brüssel, Spa, Köln, Koblenz, Mainz bis nach Mannheim, wo Lilla bei der großen Tragödin Sophie Schröder Schauspiel- und Sprachunterricht zu nehmen gedenkt. Aber auch Dumas handelt nicht selbstlos. Sein Antrieb ist die umschmeichelte Eitelkeit des Lebensklugen, der auch in der Fremde berühmt ist und allenthalben auf Bewunderung stößt. Lilla ist der Spiegel, in dem der alte Narziss sich betrachtet und sich gefällt.

Die Fahrt auf dem Rhein von Köln nach Mainz gibt dem Autor Dumas Gelegenheit, seinem erzählerischen Steckenpferd zu frönen. Er breitet vor dem Leser beiläufig seine historischen Kenntnisse über Burgen, Schlösser und Landschaften aus. Er erinnert sich an seine frühere Reise an den Rhein, mit Nerval im Jahr 1838. Er unterhält mit Anekdoten und Anmerkungen über deutsches Wesen, deutsche Lebensart, deutsches Essen, schrecklichen deutschen Zichorienkaffeeersatz, eine Folge der napoleonischen Kontinentalsperre, also ein vergiftetes Geschenk der Franzosen an die Deutschen, das diese paradoxerweise zu lieben scheinen. Dumas erweist sich einmal mehr als perfekter Handwerksmeister des erzählerischen Divertissements, ein Causeur im literarischen Salon, der für ihn die Bühne des Lebens darstellt.

Dem ungleichen Reisepaar, das in seiner asymmetrischen Komplizenschaft verbunden ist, schließt sich unterwegs eine junge, hübsche Touristin aus Wien an. Dumas benutzt dieses Dreiecksverhältnis, um daraus eine lesbisch-keusche Szene als Mittel- und Höhepunkt seines Berichts zu konstruieren. Er befiehlt die beiden Frauen in ein Bett, an dessen Rand er sitzt und ihnen eine Geschichte erzählt – das zweite, das eigentliche Liebesabenteuer.

Wieder scheint es ihm um einen Spiegeleffekt zu gehen. Die Geschichte in der Geschichte hat den Zweck, Lilla und der namenlos bleibenden Wienerin Dumas' Begehren mitzuteilen, ohne ihnen nahezutreten. Alles bleibt im Reich des Scheins. Dabei ist die Episode, die Dumas den zwei Frauen im Bett erzählt, eine gut zwanzig Jahre zuvor selbst erlebte: sein Liebesabenteuer mit der Sängerin Caroline Unger, hier diskret Maria genannt. Und dieses Abenteuer, das wahre, verlief alles andere als wohlanständig. Dumas betrog nämlich einen Freund und verriet die Frau, die ihr Heiratsversprechen brach, um ihn für sich zu gewinnen.

Der schon weithin bekannte Schriftsteller war 1835 gemeinsam mit dem Maler Louis Godefroy Jadin zu einer Italienreise aufgebrochen, bei der er Inspiration für neue Werke und Dokumentation für Berichte über Land und Leute zu finden hoffte. Jadin sollte die Illustrationen dazu liefern. In Neapel traf Dumas, der unter falschem Namen unterwegs war, weil die lokalen Behörden in ihm einen subversiven Republikaner vermuteten, unverhofft auf zwei gute Bekannte: den Komponisten Henri de Ruolz-Montchal und Caroline Unger, die an den italienischen Opernhäusern vor allem als Norma rauschende Erfolge feierte.

Überrascht erfuhr Dumas, dass Caroline dem schüchternen und sanften Musiker die Ehe versprochen hatte; die beiden wollten sich in Palermo vermählen. Der Schriftsteller, der ebenfalls Sizilien zum Ziel hatte, nahm die beiden auf einer *speronara* mit, die er für die Überfahrt gemietet hatte. Für das, was dann folgte, konnte Dumas angeblich nichts. Vielmehr wurde er buchstäblich ein Opfer der Naturgewalten: Ein gewaltiger Wellenbrecher beförderte Caroline in die Arme und auf das Lager von Alexandre Dumas.

Caroline löste frohgemut die Verlobung und verbrachte mit Dumas mehrere tolle Liebeswochen in Palermo, dem «Paradies auf Erden», wie Dumas schwärmte. Dann mussten sich die beiden trennen; Dumas sah

Caroline nicht wieder, obwohl sie ihn eine Zeit lang mit beschwörenden Briefen verfolgte. Die Sängerin heiratete 1841 den französischen Gelehrten und Kunstkritiker François Sabatier in Florenz. Dumas heiratete 1840 die Schauspielerin Ida Ferrier, mit der er schon während der Italienreise liiert gewesen war und die er wohlweislich in Neapel zurückgelassen hatte. Chateaubriand war Trauzeuge. Die Ehe hielt nicht lange.

So weit die historischen Fakten, die Dumas in diesem Buch nur wenig verbrämt wiedergibt und so unbefangen erzählt, als handle es sich um ein Schlummermärchen für seine zwei neuen Begleiterinnen in Koblenz. Die Beichte ist der erste Schritt zur Buße, wie die katholische Kirche weiß. Dumas berichtet Lilla sein früheres Liebesabenteuer, als wolle er sich und sie vor einem zweiten mit vermutlich ähnlichen Folgen bewahren. Was er erzählt, drückt ein Verlangen und ein Verbot aus; die Erinnerung 1856 am Rhein an die Begebenheit 1835 auf Sizilien übernimmt die Funktion einer Psycho-Selbstanalyse: Der Literat, der sich mitteilend öffnet, sitzt wie ein Selbstheiler an der Couch, auf der unschuldig die Zuhörerinnen und Versucherinnen liegen. Zum ersten Mal bot sich dem Frauenhelden Dumas die für ihn seltsame Situation einer Intimität ohne Inbesitznahme, einer Familiarität ohne Sexualität dar.

Litt Dumas darunter, dass er als Mann und Liebhaber zu einer nachhaltigen Beziehung nicht fähig war, sich womöglich davor ängstigte? Auch Lilla sah er nicht wieder, nachdem er sie bei Sophie Schröder in Mannheim zurückgelassen hatte. Einmal noch schrieb sie ihm, aus ihr war nunmehr eine erfolgreiche Schauspielerin auf deutschen Bühnen geworden, und sie ermunterte ihn, sie zu besuchen. Er tat es nicht.

Eine rein fleischliche Liebe zu Caroline, eine rein spirituelle Liebe zu Lilla – bei keiner der beiden wollte Alexandre Dumas auf Dauer – der Bedingung für wahre Zärtlichkeit – verweilen. Die Freundschaft überlebt am besten in der Anmut der Erinnerung. Diese hält im Gedächtnis und im Werk des Schriftstellers die Flüchtigkeit des schönen Augenblicks fest. Nur so entsteht wahre Ewigkeit.

Dumas war und blieb rastlos, ein Suchender nach dem Glück und ein Getriebener des Schicksals. Vielleicht auch ein Zerrissener und Verzweifelter, der aus dem Chaos seiner Herkunft in geordnete Verhältnisse strebte, ohne es wirklich zu schaffen. Als er am 10. Dezember 1870, mitten im Deutsch-Französischen Krieg, starb, notierte die Schriftstellerin George Sand: «Er war der Genius des Lebens; er hat den Tod nicht gespürt.»

Im Panthéon der französischen Republik ruht er, immerhin, als Unsterblicher, weil Unvergessener. Sein literarisches Schaffen hat er selbst am besten charakterisiert: «Der Mann ist der Baum, das Werk dessen Frucht. Es wäre ungerecht, vom Baum eine andere Frucht zu fordern als die, die er tragen kann.»

Romain Leick

Inhalt